年龄这回事

裴山山 ● 著

谁的生命是
随时可以
更新的App?

成都时代出版社
CHENGDU TIMES PRESS

谁的生命是随时可以更新的App?

00:00:00

00:00

序：裘山山的好玩儿

芳纯

我算是个资深"文青",这意味着我读过不少文学作品,熟悉很多作家。我读小说,也读散文。我感觉读散文可以更好地了解作家,因为散文大多是写实的。但有些作家会在散文中打开美颜功能,读来比较朦胧。裘山山不是,她的散文写得很真实,很坦率,很好玩儿。

我说一个著名作家"好玩儿",是不是有点儿不恭?盖因拜文学所赐,我这个资深文青和她这位资深作家,天长日久,成了朋友,我叫她山山姐。隔三岔五的,我会跟她谈读了她小说的感受，或者，会给她讲我听到的故事，希望她写进小说。我甚至还很具体地建议她把人物写成哑巴，或者卖包子的。有一回她幽幽地问我：你这是来料加工吗？还有配方？

我和裘山山最早相识在博客上，那时我们都是博主。她的博客内容很丰富，图文并茂，还有知识竞猜。我拥有的第一本她的书，就是通过竞猜得来的。题目我还记得，云南腾冲院子廊柱下有缸，缸里有水，请问做什么用的？我记得我的回答是防蛇，其实是防火灾，但裘山山还是给我寄了书，她的签名刚劲有力，很漂亮。

读裘山山的散文跟读她的小说一样，我会一读到底。

小说读到底还有结局感,她的散文看到底,却会有一股意犹未尽的怅惘。怎么能就结尾了呢?这么好玩儿的事情怎么不多写几段啊?

"我写即我心。"不知道是谁说的,这句话用在裘山山的散文上非常贴切。她不囿于自己的小天地,有悲天悯人的天性,疾恶如仇的个性,机智诙谐的谈吐,同时还有属于她自己的行文 style,朋友们称之为"裘氏幽默"。

她的散文和小说一样,都是"有点儿意思、有点儿意义"的生活小事。就像在跟好朋友聊天,朴实、率真、不装。《年龄这回事》即是如此。开头说了个小故事,三十年没见面的朋友接站时没认出她,容颜的巨大改变让朋友痛心疾首，按捺不住地说：她完蛋了。跟着又补了一句，我也完蛋了。记得我当时读到这儿时，笑倒在沙发上，把丈夫和儿子都惊动了，凑过来一探究竟。

有谁会这么毫无顾忌地说自己完蛋了呢？恐怕只有裘山山。她接着写道："不过我得说，我也挺委屈的。我是完蛋了，可我并没有做错什么呀。谁能架得住近三十个春秋的磨砺？"几句话，对老去的无奈和坦荡，便跃然纸上。"谁的生命是随时可以更新的App？"这也是她语言一大特色：与时俱进，使用流行语汇，好玩又贴切，同时又增加了鲜活度。

她还擅于化用词汇和指代。比如"其实那个时候，我也算'草'花有主了，也不乏'主'之外的追求者。"

"草花有主"分明是"名花有主"的自谦改编,后一句紧跟着前一句,用"主"指代男朋友,比直白说更有韵味。又比如,"莎士比亚在他的十四行诗里感叹:四十个冬天围攻你的容颜,在你的脸上挖掘沟壕(大意)。何况我已经被围攻了六十个冬天"。她用莎士比亚的"围攻"围攻了自己,幽默生动,令人忍俊不禁。

《年龄这回事》在公众号"文汇笔会"上一推出,就在朋友圈疯转,阅读量近八万,点赞近千人。还有人认真考证了她其中提到的"鲜白"一词的出处。其热议程度,在纯文学里是极其罕见的。

我告诉山山姐,这篇散文好多人喜欢,好多人转发,大家在开心大笑的同时，也生发了诸多感慨，这应该就是共鸣吧。她得意地说："那是，我散文的爆款嘛！"

说某篇作品是爆款，应该也是裘山山的首创吧。随后她又告诉我，写这个爆款并不轻松，两年前初次提笔时，想到自己真的六十岁了，难过，伤心，不甘，写不下去了。后来慢慢调整（内心的心理医生一趟趟出急诊），终于接受了事实，心态平和了，才继续写下去，却不料会有这么大的反响。

原来在好玩儿的背后，也有过悲伤和沉重。

裘山山在散文里时常金句频出，"人生就是三个阶段：年轻，装年轻，装不起年轻""纸是包不住火的，真相总会脱颖而出""每个人都不想在年龄上摆谱,尤其是女人""随着年龄的增长,在称呼上是节节高升,在感觉上却是节节败退""山山后面不是应该跟着水水吗,怎么都跟着奶奶了?""只要面对电脑时依然能噼里啪啦地敲打,奶奶就奶奶"。她终于忘记了不久前她的文章中还有个宣言:"除了自己的孙子,我不做任何人的奶奶!"

这就是裘山山的好玩儿和真实,真实到你能听见那颗拒绝老去的心怦怦乱跳,好像耳畔响着的还是青春之歌,怎么就老之将至了呢?

好玩儿的背后,是她顽强的生命力。

裘山山的散文还有个独特之处，即她的括号用得很妙。比如："让我越来越觉得，没必要做美女（好像有的选似的）"；"据说这位丑女一头黄发，样貌猥琐（这个词真把她黑得好惨）"；"诸葛亮行军作战用的'木牛流马''连弩'等都是她教的（本人不负责考证）"；"有七大丑女，还有四大美女（显然美女入选更严格）"……

她的散文就是这样生动有趣，有笑点也有知识点，有自我表扬也有自嘲。敢于自嘲的女性更让人敬佩。

《会议合影》也是裘山山散文的一个爆款，曾获过报纸副刊金奖。她调侃会议合影搞形式主义，劳民伤财，替很多人说出了不敢说的心里话。

"敢于说出不满，也许就是改变的开始。"裘山山如是说。在好玩儿的背后，是她对未来的期待。

裘山山说，她写东西很慢，总要字斟句酌。她对文字充满了敬畏之心。"永远不要肆意挥霍你认识的那些字，永远都不要随意处置你熟悉的那些字，永远要先让文字从心里走过，再问世。"

别看散文篇幅短，她写的时候也是下了苦功夫的。人物随笔《黑陶一样的眼睛》，就是在阅读了大量资料，冒着酷暑采访，耗费一个多月才写成的。"那天特别热，衣服都黏在身上，大热天等到晚上九点多才等到人，一直采访到深夜，人困马乏。可没有深入的了解，怎么能写出读者认可的好文章呢？"

在好玩儿的背后，是她对读者的无比真诚。裘山山很看重读者。她说读者的喜欢是她写作的动力，读者表扬一次等于得奖一次。

裘山山的好玩儿是有遗传的，她的父母就很幽默风趣。读《曾经的欢声笑语》就能知道，她是在一个怎样的家庭环境里长大的。不过读这一篇，我笑着笑着眼泪就出来了，为逝去的温情和欢乐。

好玩儿的背后，也藏着人人都不能幸免的生命之殇。

2017年夏，山山姐带着新作《家书》来上海参加书展，我得知消息后赶去参加她的分享会。那是我在

"认识"她十年后第一次见到她。毛尖说："山山一来，整个屋子都温暖明亮了！"陈村说："山山大气，有侠肝义胆。"而我一见她，感觉人比照片美太多了，尤其是眼睛，那么晶亮，萌萌的，依然带着小女孩的纯真和好奇。她浑身散发的温婉和优雅，与她文字里的倔强和锋芒融合在一起，感觉是那么美好。

  分享会快结束时，她为读者签名，我听见她轻轻地问前来签名的读者："你的青是青草的青，还是清水的清？"得到回答后，她认认真真写下"谢谢你喜欢我的书"一行字。我分明看到，在好玩儿的背后，有一个对写作和生活都无比认真、无比热爱的裘山山。●

芳纯：本名魏芳芳，从事国际远洋运输工作。
热爱摄影，热爱阅读。
已发表文字作品和摄影作品若干，
散见于《文汇报》《新民晚报》《解放日报》等。
现居上海。

下坡省力，肯定就快。叮咚一声，就有了老年卡。

01:00:00

01:00
年龄这回事

01:03:00

前年我去某地采风,是一位认识的作家邀请的。我一个人坐动车抵达,走出车站后东张西望,没看到想象中接站的人。于是便发微信给那个作家:请问接站的在哪儿呢?信息刚发出,就见前面一个头发花白的男人和一个年轻女士一起回过头来。男人问:"你是裘山山?"我说:"我是。"他愣了一下,一言不发,接过我的箱子就往前走。我马上明白了,他就是那个作家。

说来我们有一面之缘,20世纪90年代初曾同台领过一个文学奖。但是刚才,他没有认出我来,我也没有认出他来。近三十年的岁月横亘在我们之间。我很抱歉地说,不好意思,我没认出你来。他依然无语,我继续抱歉地说,我变化太大了,你也没认出我来吧?他摇头叹息,那一声叹息比说什么都清楚了。他身边那位女士明白了他的意思,打圆场说,我觉得裘老师很年轻啊。他终于按捺不住,痛心疾首地说,不,她完蛋了。跟着,他马上又补了一句:我也完蛋了。

我忍俊不禁,几乎要笑出声来。甚至后来的几天,我一想到这句话就想笑,此刻写到这里又笑了。我真的一点儿也不生气,反而觉得这个率性的人太好玩儿了,这句"完蛋了"太有意思了。真话有毒,有毒也很可爱。

很多时候，我们见到很久没见的朋友，都会说些善意的谎言：你怎么一点儿没变呀？或者，你越来越年轻了。即使彼此心知肚明，依然不乏真诚。可是这位先生却心口如一，非常坦率地表达了他的心情，失望、伤感、痛惜、无奈。随后他又补了一刀：你不知道当年她是多么鲜白。"鲜白"这个词也不知是否是他的独创，反正和"完蛋了"一起让我刻骨铭心了。

不过我得说，我也挺委屈的。我是完蛋了，可我并没有做错什么呀。谁能架得住近三十个春秋的磨砺？谁的生命是随时可以更新的 App？看看连有些靠脸吃饭的演员都无法让自己一直鲜白，何况我这个成天面对电脑的文人。我觉得我已经很不易了。莎士比亚在他的十四行诗里感叹：四十个冬天围攻你的容颜，在你的脸上挖掘沟壕（大意）。何况我已经被围攻了六十个冬天。

写到这儿，我又忍不住乐了。

其实在年龄这个问题上，人们还是需要善意的谎言的，超级需要。有时候某人告诉我他（她）的年龄时，眼神充满期待，我就义无反顾地说：哎呀简直看不出来，我还以为你只有四十多（或五十多，根据实际年龄减去十到二十岁）。对方立即笑逐颜开，心情大好。这种张嘴就能做的好人好事，要多做。咱们就把心口如一留到别处吧。

古人就如此。你看古人对年龄的定义，不但很文学,还很仁慈。二十弱冠,三十而立,四十不惑,五十知天命,六十耳顺,七十古来稀,八十杖朝,九十鲐背,一百期颐,都是拣好的说。倘若都实话实说,三十发胖,四十脱发,五十眼花,六十记不住,七十睡不着,八十听不见,九十走不动……那岂不是太让人悲观了,还是得把"福如东海寿比南山"这样的祝福传承下去。

如今人们对年龄越来越在意了。过去是女人谈,现在男人也谈了。其热度仅次于挣钱和减肥吧。也许是日子过好了,有条件在意了;也许是职场对年龄越发苛刻了,我曾看到一家公司,要"辞退34岁以上老员工";再也许是媒体太敬老了,常常看到些让人哭笑不得的表达，比如，这位"80后"的大叔告诉我们，或者，五十岁的张大爷说。

自然，也对应出现了很多鸡汤文，努力安抚着人们对年龄增长的忧虑。什么年龄只是一个数字，只要心不老就永远年轻。什么每个年龄段都有每个年龄段的精彩，不必在意岁月的流逝。还有，天增岁月人增寿，这是自然规律，等等。

我也写过类似的，比如我老了说明我没有英年早逝。但尽管所有的道理都明白，也无法坦然面对。有一次坐机场摆渡车，忽见一男人招手给我让座，摆渡车从来都是人多座位少的，居然还有人给我让座。我大惊，难道我已经老到一眼就能看出来的地步了吗？正尴尬时，听见他喊了声裘老师。原来是熟人。大松一口气,然后觉得自己太可笑了,太没名堂了,对年龄竟如此过敏。可是,这就是真实情况。

其实就算你全力以赴地折腾,成功地向世人掩饰了你的年龄,你能向自己掩饰住吗?你自己身体的变化自己最清楚,热情的消退,疲倦的滋生,睡眠的减少,食欲的下降,等等。纸是包不住火的,真相总会脱颖而出。

我发现,随着年龄的增长,在称呼上是节节高升,在感觉上却是节节败退。以四川话为例,通常是从小妹开始,小妹,大姐,孃孃,婆婆,太婆。越高越难受。一开始无法接受人家喊大姐,后来无法接受人家喊孃孃,但现在被喊婆婆也不得不忍受了。

　　每个人都不想在年龄上摆谱，尤其是女人。倘若碰到一个年纪相仿的人叫了自己一声大姐，马上就追问，你哪年的？你几月？表情严肃到像纪委的同志。一旦对方果然比自己小，只好悻悻作罢。一旦对方比自己还大，心里那个懊恼，别提了。

　　男人也一样。我认识一朋友，名牌大学老师，善短跑，年年参加校运动会，年年拿名次。有一年参赛前，他却怎么也找不到自己名字了，去会务组问，会务组说，哦，某老师，你分到老年组了。那年他刚满五十，他自己一点感觉都没有，怎么就……就老年组了……他拂袖而去，从此不再参加运动会。

还有一朋友,退休办了老年卡,一上公交就响起清脆的一声:叮咚,老年卡!满车厢都听见了。他愤怒地说,这公交卡太不人性化了,老子不用了。

这样令人捧腹的例子很多。

老是不知不觉到来的,脚步很轻。比如你忽然意识到,你说话和举止跟母亲越来越像了;比如重阳节一大早你就收到了祝福;比如你一看到黑白照片就凑近看,总以为里面有自己;比如你一听人家说身体不适,马上就巴拉巴拉告诉他(她)该怎么做;还比如你时不时就会遇见一个阔别几十年的朋友,时间久到像是上辈子。

你感觉日子越过越快,好像咕噜咕噜往下滚。因为前几十年你在爬坡，费力费劲儿，自然慢。五十岁以后，或者六十岁以后，不管有没有抵达你预设的山顶，都开始放松了。一放松自然下坡。下坡省力，肯定就快。叮咚一声，就有了老年卡。

那年有个记者采访我，写了篇稿子，估计写之前去查了我的资料，故开篇第一句就是：下个月就是她的生日了，这个生日对她来说有些残酷，因为那一天意味着她跨入六十岁的门槛。他写完发给我过目，我当即就把"残酷"两个字改成了"特殊"。我真的不是为了我自己，是为了广大人民群众。你想，六十岁就言残酷，那七十岁的人怎么办？五十岁的人还往不往前走？从用词看，显然他比我还怕老。

当然，六十岁的确是个坎，坐实了老年这把椅子。现在长寿的人多，活两个半百已不稀奇，但活两个甲子还是少见吧？这预示着，你的生命的确已过去大半了。不然，为什么那么多文人墨客会在六十岁时写诗作赋呢？

　　我所知道的比较著名的，是郑板桥六十岁写的对联：

　常如作客，何问康宁，但使囊有余钱，瓮有余酿，釜有余粮，取数页赏心旧纸，放浪吟哦，兴要阔，皮要顽，五官灵动胜千官，过到六旬犹少；

　定欲成仙，空生烦恼，只令耳无俗声，眼无俗物，胸无俗事,将几枝随意新花,纵横穿插,睡得迟,起得早,一日清闲似两日,算来百岁已多。

真是太赞了,难怪流传至今。我对照检查,和郑大师有一些相似之处,比如囊有余钱,釜有余粮,瓮有余酿也不难。他是睡得迟起得早,我是睡得迟起得迟。他是"将几枝随意新花",我是买几枝随意新花,但"五官灵动胜千官"差得很远,"耳无俗声,眼无俗物,胸无俗事"更是达不到,毕竟不是大师。

当然,能达到郑大师境界的肯定是少数。多数人都会在花甲之时生发出种种遗憾。比如我父亲,六十岁时给自己写了首《六十自寿》,开篇就是"六十光阴瞬息过,学书学剑两蹉跎",他是一个穿军装的工程师,故出此言。在我看来,他一辈子那么辛苦,那么努力,也小有成就,怎么到了六十岁这天,还是会发出这样的感慨呢?

不过我的六十岁生日倒是悄悄密密就过了。一来不会写诗作赋,二来不希望惊动(告知)更多的人。

认真追究起来,人们在年龄上是存在着悖论的。成天说怕老,不想老,可是细想,你所做的一切努力,锻炼身体,控制饮食,吃保健品,坚持体检,参加各种有益于健康的娱乐活动,等等,不就是为了让自己一直活着,活成一个老人吗?

既然如此，干吗不理顺呢？何况活到老并不是件容易的事。

最近我在朋友圈看到老友们聚会，其中一位已然是大爷模样了，头发花白，眉目沧桑，想当年他可是出了名的帅哥。可是我一点儿也不觉得伤感，反而很高兴。因为，他终于走进了老年。若干年前遇见时我看他脸色差，问他是不是身体不好，他自嘲说：能好吗？喝了一卡车的酒，抽了一卡车的烟。果然，他生了大病，动了大手术。但现在，终于挺过来了。老归老，气色好。下次我若见到他，一定要给他敬一杯酒，祝贺他终于活成了老头。

年龄大了肯定有诸多不好，要忍受自己变得越来越难看，要忍受身体经常出毛病，还要忍受失去越来越多的亲朋好友。可是，当你这么一想时，会发现比之第三，前两条（自己的衰老）算不了什么了。

这算我的鸡汤文吧，或者不好喝，算药汤。

岁月是什么？我不想说它是杀猪刀，是镰刀吧。它一茬一茬地收割你的生命，先是童年，而后青年，而后中年，而后老年，而后连根拔起。它无比锋利，不管你的稻穗是大是小，不管你的年成是好是坏，时候一到就开镰，决不手软，无一例外。饱满的，不饱满的，统统都离开生命的田野并被堆进了大谷仓，不再享受日照，享受雨露，享受肥料，享受深情抚过的阵阵清风。只能眼看着新一轮的稻子茁壮成长起来，在你曾经站立过的田野里招摇。

面对这样的结局，你所能做的，就是能享受的时候尽情享受，无法享受的时候，祝贺自己，终于在经历了无数个风霜雨雪后，成为一粒成熟的稻谷。

肯定还是觉得不甘。

那你也可以重新成为种子，继续生长。你也可以继续上坡，坚决不下坡。这个不归老天管，归你自己。

我特别羡慕那些埋头于事业完全忘记自己年龄的人，快然自足，不知老之将至。像中国当代最长寿的老作家，108岁的马识途马老，至今依然在坚持写作；还有年逾九十的超模卡门和年逾九十的导演伊斯特伍德，仍活跃在艺术舞台上——夕阳红也是可以亮瞎眼的。

我也特别敬佩那些敢于重新出发的人，在人生的晚年，掉过头来做年轻时想做而没做成的事。读书，写作，旅行，绘画，唱歌，练健美，甚至创业……让自己的生命继续延伸，闪亮，甚至下半场比上半场打得更好，一辈子当两辈子过，不把年龄当回事。

"不要温和地走进那个良夜，老年应当在日暮时燃烧咆哮。"借英国诗人狄兰·托马斯的诗句谢幕。●

01:57:00

苏小妹的才气比西施的颜值更让我心生羡慕。

02:00:00

02:00
颜值这回事

02:03:20

最近整理家书，在一封大学时期写给父亲的信里，我看到了自己对容貌的自卑。信是这样写的：

我的照片可能没有姐姐的好，因为被照的对象质量差。我从来没有对自己照片有过自豪感，甚至在与旁人的对比中，还会有一种小小的悲哀。女孩子总是想美一些的，但上帝已造就了我这副样子，并且连这副样子也难保持长久。当然，我是无怨言的，我相信命运。爸爸，我是有宿命思想的。

这封信写于 1982 年，我 24 岁，读大三。

也就是说，我在 24 岁的时候，依然为自己的容貌自卑。用现在的话来说，就是觉得自己颜值太低。其实那个时候，我也算"草"花有主了，也不乏"主"之外的追求者。但我依然认定自己长得难看，并且还由容貌谈到了宿命，可见思想包袱之重。

我对容貌的自卑始于少女时代。小时候妈妈带我和姐姐外出，一给人家介绍，这是我大女儿，人家马上就说，好可爱，真漂亮。但一介绍我，这是我小女儿，人家只会说，哦，挺文静的。

"文静"这个词，婉转地表达了不好看的意思。我那时虽然只有六七岁，也是明白的，但照样爬墙上树满世界疯耍，连"文静"这个词也索性不要了。等到了中学开始在意容貌了，却越发的难看。十三四岁应该是女孩子一生中颜值最低的时期，而我又黄又瘦又涩，更加不堪，加上小时候的疯劲儿也没有了，就一瘪塌塌的黄毛丫头。

因为自卑，见了人没点儿笑容，总是紧紧抿着嘴唇。不好看的人不笑就加倍不好看；也因为自卑，拍照时特别紧张，老是闭眼，不好看的人闭眼就加两倍的不好看。所以当父亲写信告诉我，我们家的合影已经取回时，我马上就心虚地说，我拍的肯定没有姐姐的好看（事实也是如此）。

父亲收到我这封信，肯定是好好安慰了我一番，我不记得具体内容了，只记得他用了苏轼那句著名的诗来激励我：腹有诗书气自华。

你别说，这句诗对我还挺管用的。我单纯地想，对啊，我不好看就更要好好读书了，书读多了气质就会好。于是我用这句诗做题目写了一篇随笔，中心思想是，女孩子长得丑，更要好好读书。

父亲还给我讲过苏小妹的故事，说苏轼有个妹妹长得不好看，额头凸，眼睛下凹。苏轼就拿她调侃，作诗一首："未出堂前三五步，额头先到画堂前。几回拭泪深难到，留得汪汪两道泉。"苏小妹虽然不好看，人却极为聪明，当即赋诗回敬哥哥："一丛衰草出唇间，须发连鬓耳杳然。口角几回无觅处，忽闻毛里有声传。"

写完感觉不过瘾，再仔细端详哥哥，发现他长了一张马脸，且眼距很宽，五官不成比例，于是再作一诗："天平地阔路三千，遥望双眉云汉间。去年一滴相思泪，至今未到耳腮边。"最后这两句，估计是对马脸最别致的描写了。

老实说，这故事让我觉得，苏小妹的才气比西施的颜值更让我心生羡慕。

当然，父亲给我讲这个故事的时候只是觉得有趣，并不是针对我，我自忖还没到那程度。但这些故事还是潜移默化地影响了我，让我觉得相比于相貌，还是聪明更重要。我们邻居有个漂亮女孩儿，成绩不太好，母亲说到她时用了一句俗语：聪明相貌笨肚肠。我暗想，那我宁可笨相貌,也不要笨肚肠。

母亲是不会认为自己孩子难看的,所以母亲总是感性地直截了当地鼓励我。我给她看我和女同学的合影,羡慕地说,她长得真好看。母亲看了一眼说,她哪有你好看?五官都挤到一起了,你看你长得多舒展。我这才知道,一张脸布局也很重要。还有一次我说,某某的眼睛好大啊,还是双眼皮呢。母亲就说,鼻子那么塌,眼大有什么用?我这才知道,原来鼻子对长相也有重要贡献。

斗胆说,我母亲也不算漂亮,属清秀类。有一天她下班回来跟我说,哎呀,今天我在公共汽车上见到一个女人,长得太难看了。真的,我当即就在心里感谢我妈妈，没把我生得那么难看，把我生得普普通通。母亲手抚胸口，一副很庆幸的样子。我被母亲逗乐了。还真是，比起那些长相有缺陷的人来说，长得普普通通已经是很幸运的事了。毕竟高颜值属于金勺子，含着金勺子出生的人不多。之后，我也时常在心里感谢我的母亲，把我生得普普通通。

后来看书，才知中国历史上有很厉害的"七大丑女"。排第一的就是我华夏祖先黄帝的妻子嫫母，黄帝竟然用她的相貌来驱邪！尽管是传说，也够励志的。后头跟着的几个丑女，也都是君王之妻或名士之妻，让人觉得古（男）人更看重心灵美，因为这几个丑女都是德才兼备的。比如齐宣王之妻钟离春，额头前突，双眼凹陷，鼻孔向上翻翘（俗称猪鼻孔），头发稀疏干黄，骨节粗大，颈部喉结比男人的还要大。四十了都没嫁出去。但她饱读诗书，志向远大，还敢于给齐宣王进言，说他第一不重视人才，第二不虚心采纳他人意见，第三沉湎于女色，第四超标建设楼堂馆所。齐宣王也是了不起，居然接受了批评。为表示痛改前非，让这丑女子做了皇后。真是稀少的官场、婚姻双重佳话。再说一个，东晋名士许允，进洞房一看到新娘子阮氏那么丑，转身要跑，被阮氏一把拽住。许允挣扎说，妇有四德（妇德、妇言、妇容、妇功），你不合标准啊。阮氏说，读书人有百行，百行德为首，你好色不好德，也不合标准啊。许允被她说得哑口无言，心生敬意，不但与她完婚，还一辈子相敬如宾。最后再说说诸葛亮之妻黄月英，据传这黄女士也是生得又黑又小，一头黄发，样貌猥琐（这个词真把她黑得好惨）。但她不但能诗善文，勤劳持家，还有军事才干，据传诸葛亮行军作战用的"木牛流马""连弩"等都是她教的（本人不负责考证）。而且黄女士还研制出避瘴气用的"诸葛行军散""卧龙丹"等药（真乃全才），强有力地助她夫君成就了千秋大业。

  在翻阅这些著名丑女资料时，我发现两个现象，第一，那个时候的丑女都很聪明，是不是她们在进化过程中先进化了大脑，五官被滞后了呢？第二，"七大丑女"都是南北朝之前的，之后没再出现过著名的丑女了（就一个苏小妹）。是女人们好看起来了，还是丑女们的智

商降低了？抑或是男人们不再看重心灵美了？（古代史书都是男人写的呀）

有七大丑女，还有四大美女（显然美女入选更严格）。虽然四大美女也都不笨，至少情商不低，但学识才华什么的，都赶不上前面七个丑女。最要命的是，美女们（四美之外还有好多）至今都背着红颜祸水的名声，男人们经常会把失败倒霉的事儿赖到她们头上。

如此，让我越来越觉得，没必要做美女（好像有得选似的）。对自己的容貌，逐渐变得心安理得起来。

但偶尔，还是会受刺激的。当年男朋友追我的时候，也有其他女孩子在追他。我就问他，你为什么不答应某某？或者某某？在我眼里，她们都比我颜值高。男友居然说，我奶奶说，不要找太漂亮的女孩子当老婆。我当即嗔道：你的意思是我难看了？他连忙说，不是的不是的，你也好看的。但此话已落下口实，成为后来无数次吵架时我的常规武器。其实我心里明白，是我自己有潜在自卑。

之后我写了一部短篇小说——《穿过那片树林》（发表在1985年《青春》杂志），主人公苏铁就是一个丑女子，但是倔强努力，不肯认输。大体上，是在写我自己。可见我当时的自我认知。

大学毕业后我被分到教导队教书。我们教导队除我之外还有五个女教官，她们个个英姿飒爽。有一次吃饭，我就依次夸她们，某某，你的皮肤太好了，玉脂一样；

某某，你的丹凤眼好迷人；某某，你的身材真是窈窕动人；某某，你的欧式鼻子真洋气；某某，你的樱桃小嘴好可爱。

她们全都乐了，然后一起问，那你呢？我？我愣了一下，想了想回答说，我嘛，一样都不出色，但总体还算和谐。那是我第一次对自己的长相做了鉴定。

婚后有了孩子，更顾不上自己的容貌了，加上人在部队，军装是主打服装，所以从来没在化妆和时装上，投入过太多的精力和钱财。偶尔穿件新衣服，或换个新发型，一照镜子，又泄气了，感觉怎么都不对，遂不去想它。

也不知从什么时候开始，我竟然被人夸奖了。外出开会或者参加笔会,总会遇到几个夸我好看的人,有男有女。记得有一次遇到一个比我年长的女作家,她竟然说,你这么好看,能安心在家写作吗?我心里既高兴又困惑,就回家问先生,他们都说我好看,我是真的好看呢,还是他们哄我高兴呢?先生打量了我一下说,中年妇女嘛,气质好就可以了。

这……这,真的实现了"腹有诗书气自华"吗?

后来就有了"美女作家"一称,老实说,我特别不喜欢。有几年很流行,外出被人介绍是作家时,对方马上跟拜年似的来一句,美女作家呀。我真觉得闹心,因为这顶帽子对我来说死沉死沉,感觉自己瞬间矮了几分。当场扔回去吧,拂了人家的好意,不扔吧,只能佝偻着身子。

相比，我还是更喜欢另一个称呼，中等美女。据说还有一首同名歌。我一听到这个就对号入座了，坐得极为踏实。尽管人家说"中等美女"是带有安慰性质的提法，就好像说笨人很厚道一样，但我还是极为认可。

"中等美女"有太多好处了。第一，毕竟中等，不至于太自卑，而（丑女）多作怪；第二，毕竟中等，不需要在容貌上花太多时间和钞票；第三，毕竟中等，没那么多人围观打赏（以至于浮躁）；第四，毕竟中等，不会为红颜易老美人迟暮而伤感——咱中等美女，老了无非就是更慈祥嘛。

其实在我看来，颜值这回事儿，就看你怎么想，你完全可以把它拓宽来想。我认识一个女人，长相一般，但声音特别好听，迷倒不少人。由此我想，假若你相貌一般，但你的谈吐颜值高，你写的字颜值高，你的歌声颜值高，你穿衣有品位，你举止得体，你健健康康充满活力，你开朗乐观喜欢大笑，那你就是一个美丽的女人。人生何处无颜值？●

02:56:40

唱歌不会，跳舞不会，乐器不会，画画更是找不到北。

03:00:00

03:00

才艺这回事

03:03:20

4月1日那天,我本想在朋友圈儿发一组照片"愚"一下大家的,就是把我拍的风景照用软件做成油画,骗大家说我最近在学画画,今天选几幅作品给大家看看。肯定能骗几十个大拇指。后来终因缺乏勇气而作罢。

　　之所以想到这么个恶作剧,实在是对那些又会写又会画(又会这又会那)的人心生嫉妒。真是这样,我认识的作家里,才艺两栖的比比皆是。首先有好多会画画的，油画、国画、水粉画，个别人还会少见的漆画；画画之外，有不少作家书法很棒，写出来就可以裱了挂墙上；书法之外，还有作家善乐器，还有作家会跳舞，还有作家歌声曼妙，还有作家围棋上了段位，还有作家乒乓球水平可以参赛，对了，还有作家动辄马拉松。说起来，那才华都是"横七竖八"的。可是我呢，除了对着电脑敲字，啥才艺也没有。

不是妄自菲薄，我真是没有任何文艺细胞。唱歌不会，跳舞不会，乐器不会，画画更是找不到北。体育也很差，跑不快，跳不高。就连跟朋友出去玩儿，在野地里撒个欢儿，我都没别人蹦得高。可以用上一句狠话，笨到家了。

原本想把这个责任推到老爸老妈身上的,遗传基因嘛。可是,我姐会跳舞,在中学里参加过校宣传队。而且,她还会画画。一个爹妈生的呀。那么,责任只能归到我自己身上了,问世时太着急,把文艺细胞落到前世了。

为了不让自己过于自卑,我细细梳理了一下前半生,好像还是找到些可以称之为演艺生涯的往事,或者说,还是从事过文体事业的。敝帚自珍,一一道来。

读小学时赶上"文革",很多人都疯疯癫癫的,我们学校也不上课了。家长们怕我们跑到外面去惹祸,就把我们组织起来,在单元门口排练节目,好让我们每天在他们眼皮底下多待会儿。姐姐领头,大家有跳舞的,有吹口琴的，有唱样板戏的，就我，啥也不会。只好被安排到集体舞里混，跳《我爱北京天安门》什么的。我就左手左脚地跟着大家跳，到结尾一句，"指引我们向前进"，一个人就站到另一个人腿上手指前方，集体摆造型。那个手指前方的人就是我，不是我姐开后门，是因为我在里面最瘦。于是每次跳舞我就盼着最后那一下，成为全场中心人物。

　　这个，算是我早期的演艺生涯，应该算演过主角吧？

　　小时候所有课里最怵体育课。每每体育课就找各种借口请假，鞋带断了、肚子疼、腿抽筋儿等等，轮番使用。幸好,父亲所在学院有个游泳池,我成天去水里玩儿,学会了狗刨(好歹挽回一点面子)。进初中第一年,学校组织篮球联赛,每个班都要参加,女生也要组队。我们班讨论组队时,有个女生说,班长参加我们才参加。班长就是我。说这话的女生年龄比我大,个子高,会打篮球。但我得罪了她。那时候学校要求每天下课跑步,我看她连着两天不跑就去批评她。她很骄傲地说,我有特殊情况。我当时才12岁,不懂,就说你有什么特殊情况?你明明在玩儿。她撇嘴说,懂又不懂,还来管我!所以她提出"班长参加我们才参加",这分明是要为难"领导干部"。"领导干部"只好说,参加就参加。

于是,从没摸过篮球的我,就直接参赛了。上场之前，我对篮球的唯一了解，就是要把球投到篮板上那个网网里，其他的一概不知。我们班几个女生一上场就来劲儿了，朝气蓬勃的，奔跑不停，我就跟在她们屁股后面，她们往东我往东，她们往西我往西，累得气喘吁吁。十几分钟后，高个子女生忍不住喊：换人换人！然后她走过来对我说，算了，你还是下去观战吧。我如释重负，张着一双白净的，一次也没碰到过篮球的手下了场。直到整个赛程结束，她们都没再要我上场了。

但好歹，我也算参加过赛事。

器乐方面，我也不是一张白纸。我父亲有位同事，也是工程师，姓梁，我叫他梁伯伯。他妻子孩儿都在北京,他就经常来我们家改善伙食。次数多了有些不好意思,有一个周末来吃饭时,就拿了把二胡,进门说,山山,我给你买了把二胡,有空学学。我很兴奋,当即开始拉,吱呀吱呀的十分刺耳。我妈妈眉头紧锁,当着梁伯伯的面又不好说,就让我赶紧去帮她洗菜。梁伯伯走后,我妈跟我爸吐槽说,这个老梁,买什么不好,买把二胡,还不如给我们买几斤鸡蛋呢(据说那二胡五元钱)。以后我一拉二胡,我妈就各种打岔,我自己也觉得很难听,吱呀吱呀的,像挑扁担的来了。新鲜了两天后,就钉了个钉子,把二胡挂到了墙上。直到我们搬家,那把二胡还在墙上。

但好歹,我也算摸过乐器了。

读高中我继续当班干部，20世纪70年代竟然也是分数挂帅，只要成绩好就当班干部。学校举行歌咏比赛，我们的音乐老师属于比较小资的，在无数的革命歌曲里，挑了一首有些难度的歌，《毛主席是各族人民心中的红太阳》，四分之三节拍，旋律很优美。我至今还记得那几句唱词：幸福的伽耶琴在海兰江边激荡，热烈的达甫鼓在天山南北敲响，欢快的牧笛吹奏在槟榔树下，深情的马头琴回响在内蒙草原上……

　　既然是合唱，就需要一个指挥。同学们都说不会（肯定不会嘛）。于是班干部又被揪出来了。老师指着我说，你来。我真是吓得不轻，脸都吓白了。老师说，不要那么紧张，下课到我房间来，我教你。

下课后我就去她房间，她先给我讲解了指挥的作用是什么，然后讲解了什么是四分之三拍。我懵懂地看着她，估计比文盲直接读博士还要懵懂。她放上音乐开始教我，我举起两只僵硬的胳膊在她的指导下比画，无论如何也比画不到点子上。老师叹气，忽然问，画三角你会不会？我点头说会。她说，其实这个节拍就是画三角形，你看，她在空中给我比画：哒哒哒！一二三！一二三！哒哒哒！哦，我好像找到了一点儿感觉。老师说，记住，等过门儿完了，一开唱"江山万里"你就给我画三角形。不要太快，也不要太慢，明白了吗？

　　于是歌咏比赛开始时，我就站在台子上，面对全班四十多个同学，画了十几分钟的三角形。当然，我们班啥名次也没得到。下来后有同学小声叽咕说，我根本不看她，一看她就要唱错。

羞愧难言。但好歹，也算是当过指挥了。

当兵，连队开晚会，人人都要表演。我看躲不过，就和我们分队的一个北京兵一起，朗诵了一首诗。是什么诗，怎么朗诵的，已毫无记忆。但我写信告诉了父母，信上说，我们的诗歌朗诵受到了战友们的称赞，战友们说我有文艺细胞。

战友们真的很宽容。

上大学，20世纪80年代，校园里生机勃勃。我经常在去图书馆的路上，去食堂的路上，听到吹口琴的声音，拉提琴的声音，弹吉他的声音，于是也想学个啥。咨询了一下，大家说吉他好学，不需要童子功。我就跟父亲说了我的愿望。父亲寄钱给我，我买了一把红棉牌吉他（35元）。但从买来到毕业，我就用它摆拍过两次照片，一次也没认真学过。我妈还用厚实的方格子布帮我缝了一个吉他套子，我把吉他装在那个套子里，带到第一个工作单位凤凰山，再带到第二个工作单位北较场，然后结婚成家，那把吉他始终没见过天日。儿子上高中后表示想学吉他，我赶紧送给儿子了。

　　实在是对不起爹妈。但好歹，也算是摸过两种乐器了。

但是，如同体育方面再不济我也会走路一样，表演方面再不济我也会说话。所以，我终于有了一次成功案例。你们想想，要没有一次成功案例，我能写这篇东西吗？就靠这最后一子把一盘棋救活呀。

大学毕业时，我们年级为了纪念四年的大学生活，排演了一出话剧。我被迫参加，并被分配扮演女二号，一个性格古怪的没有男朋友的大龄女班长。虽然我很不情愿，但还是努力去揣摩一个老姑娘的心态，自己设计一些动作，设计一些语气和神情。刚开始上台时，我总是犯傻，不是忘词，就是被其他同学逗笑。后来慢慢适应了，能跟上大家节奏了。但始终觉得只是应付而已。

直到某一天，省话剧院一位老师前来指导，老师指着我说，那个女生不错，有潜力。

我简直是，惊呆了。

不只是我，所有人都惊呆了。因为没人觉得我演得好，我的声音很小，他们总说听不清。老师接下来说，戏剧表演上的斯坦尼斯拉夫体系，主张体验，布莱希特体系，主张表现。这个同学属于后者，其他同学多为前者。虽然各有千秋，但我个人还是更欣赏布氏的表现型。

原来，我不但有潜力，还属于高大上的布莱希特体系！我兴奋得简直找不到北了。

但遗憾的是，本演员的嗓门儿太小，用行话说就是音域太窄。排练时感觉不明显，正式演出就不行了，无论我怎么努力,下面都听不清我的声音。那时候又没有什么好的音响设备,全靠天然嗓门。就因为这小细嗓子,葬送了我的艺术生涯。想演话剧,管你是斯氏还是布氏,先得有个好嗓子啊。

从此我没再上过舞台。

文章写到这儿,我接到了《小说月报》编辑部的函,希望我回答读者几个问题,其中一个是,除了写作之外,您最希望拥有哪种才华?哈,正好戳到我的痛处了。我回答说,除了写作之外,我哪种才华都特别想拥有。唱歌、跳舞、弹钢琴、拉小提琴、画画、书法,等等。尤其唱歌,我经常想,我要会唱歌多好,有事无事唱一唱,既有利于身体健康,又能振奋精神。但我实在是太缺少文艺细胞了,打小缺失。之所以前半生一直在老老实实写作,这也算个重要原因吧。

这么一想,就想到了缺少才艺的好处。甚安慰。●

03:56:40

还是那句话，
要敢想敢做敢
另类，凡事
try try see。

04:00:00

04:00

主妇某日突发奇想

04:04:17

先坦白我不是个好主妇。如果主妇按星级划分的话，我最多是三星（掉分主要掉在烹饪上，厨艺太差）。但我母亲肯定是五星，再加十项全能。她厨艺极佳，会烧一手好菜，会做所有的面食。烹饪之外，还会做酒酿、豆豉、米花糖、汽水、榨菜、粽子，另外，还会踩缝纫机、织毛衣、绣花、纳鞋底、编织网兜……应该是没有她不会的。关键是，母亲还经常在家务中有创新之举，这个让我和姐姐从小就膜拜，我们但凡遇到困难就会说，如果是妈肯定会有办法的，好比红领巾想起雷锋叔叔。

比如家里一口锅的锅盖钮锈掉了。煮饭时锅盖那么烫，没有钮怎么行？母亲眼睛一转就想出个办法，她剪下用完的牙膏头，弄平整放在锅盖下面，再把牙膏盖从上面拧上，一个塑料钮就诞生了。小时候我和姐姐睡觉不老实，总是蹬被子导致感冒。冬天有暖气还好一点儿，就怕春秋天。母亲就在小毛毯两头缝上布带，睡前让我们裹在身上再系好，随便怎么翻滚肚皮都不会亮出来。那应该就是睡袋的雏形吧。冬天她会熬一锅绿豆粥，倒在两个搪瓷杯里，放上糖精（那时买不到白糖），再用纸做一个杯盖（这个纸杯盖我至今还会做），中间插一根筷子。晚上放到窗外，第二天早上拿进来，两根粗大的豆沙冰棍儿就诞生了。只有一次姐姐感到失望,她的游泳圈漏气了,母亲给她用胶布贴上,下水后胶布脱落又漏气。但多数时候,母亲会想出让我们(含父亲)钦佩的招数来。

母亲做主妇是在20世纪六七十年代,故很多创意都是生活所迫,钱少,又想把日子过好。后来日子好起来了,她却日渐年迈,每次烧菜,在厨房站久了就很累,于是她自创了一款简易东坡肉,又好吃又省时(这个总算被我继承下来,每次展示都会被朋友们大赞。其妙诀就在于不放一滴水,并且用高压锅。打住,不敢越界写菜谱)。

作为主妇,我很遗憾没能继承母亲的厨艺(但也属于塞翁失马,偷了很多懒)。不过我还是继承了她的精髓,即敢想敢做敢另类。记得儿子小时候总是掉红领巾,掉了我就得买,买就得被老师批评,老师批评了我,我就得骂儿子。负面情绪蔓延。某天我突发奇想,去买了几米红绸(忘了数字),到缝纫店让师傅一口气做了十条红领巾。拿回家跟儿子说,以后掉了不要告诉我,自己去抽屉里拿。儿子如释重负咧嘴笑了,我也从此放下了这个包袱。到初中时,红领巾还剩三条。

我喜欢买笔(可能是作家职业病),用电脑后还是喜欢买,出国也买。但那些正规笔筒又小又死板,不合孤意。某天突发奇想,买了一个淡黄色塑料筷子筒,筷子筒胖胖的,还分高低两格(分放勺子和筷子的),我就分别用来插笔和尺子、剪刀,真的又实用又别致。书桌上放着筷子筒,极具人间烟火味儿。筷子筒用旧之后,我又把一个长方形的糖果盒改造成了笔筒,也很简单,就是把七个卷筒纸的圆芯放在盒子里划分成很多小格,分门别类插各种笔,当然还有尺子、剪刀、裁纸刀等,好看又实用。顺便说一句,我攒了很多卷筒纸的筒芯,用来收纳耳机、数据线及各种绳索,免得它们彼此缠绕,纠缠不清。

最近我脑子里又冒出个奇怪念头。这两年,我喜欢上了多肉植物,养了二十来种,但效果不佳。每次买来时红扑扑、胖乎乎的,一段时间后就变得又瘦又绿。请教业内行家后得知,主要有两个原因,一个是水浇太多

（这个我得努力克制），二是温差不够。也就是说，不能光晒太阳，还需要在低温下冷冻。所谓"霜重色愈浓"的原理对多肉植物也适用。为了"霜重"我只好把多肉搬到阳台上，那是我们家最冷的地方。可是一个月过去了，没啥变化。成都毕竟不是寒冷之地。某天我突然意识到，我们家最冷的地方不是阳台，是冰箱！于是突发奇想：要不要把肉肉放到冰箱的冷冻层去冻冻？

当然我知道这想法太过奇怪，说出来定会被家长斥为荒唐，便克制着自己不去做。

小时候我干过类似的荒唐事。那时读了一本作家峻青写北大荒的散文集。其中说，北大荒那肥沃的黑土地，捏一把都能出油（大意）。当时我正在房后耕耘一小块菜地，菜们十分瘦弱。某天突发奇想，帮妈妈炒菜时特意多放了一点儿油，然后把洗锅水留下来去浇那块菜地。之后，菜们都牺牲了，我百思不得其解，母亲叹气道，真是个书呆子呀。

  在成为主妇后，书呆子气被生活磨得差不多了。但我依然喜欢突发奇想，凡事都想"try try see"（试试看，我的中式英语）。比如我有个不锈钢水杯，大概可以装五百毫升水。年轻时根据母亲教导，每天早上起来要喝一杯水，就买了这个水杯，一用二十年。可是某一天，杯盖上的塑胶钮坏掉了。没了那个钮，一下变得很不方便。我又舍不得换掉这个杯子，就想学母亲做锅盖钮的办法，但杯子盖的眼儿很小，牙膏头伸不进去。有一天突发奇想，去买了两个白色的粘贴挂钩，当然是选了小号的，粘在杯盖上代替盖子钮，效果极佳，水杯顿时有了重新装修过的感觉，心里好爽。

去年我的一个老花镜腿断了。那个老花镜我很喜欢，是姐姐从西班牙带回来的，不想扔掉。起初我用透明胶缠绕，可是很难看，还固定不稳。也是某天突发奇想，找来吸管一根，剪了一段，然后将断开的眼镜腿从两头插入，竟然非常合适，不仔细看都看不出有伤残，感觉老花镜比我还高兴。

几年前搬家时，我们家的熨衣板掉了一只脚的脚套，导致熨衣板一头低一头高，很不稳。我一直纠结着要不要换个新的，又觉得就这样扔了实在浪费。也是某天突发奇想，找了几个矿泉水瓶的盖子来，一个个安上去试，终于有一个很合适，拧上去后熨衣板一下就稳了。虽然其他三只脚是黑的，这只义脚是白的，但反而突显了我的创意。

最让我骄傲的是最近的一件事。我们家有个两人沙发，用了八年多，表皮已经开始磨损。恰在此时有了阿柴（一只柴犬），阿柴一不留神就跳上沙发扑腾，加速了沙发的磨损。座位尚可铺垫子，靠背却没办法。我就想做两个布艺沙发套，套在靠背上。但去了两家裁缝店都说做不了（也许利润太低没兴趣）。某天我拉开抽屉，看到儿子当年还是小胖子时穿的大码T恤，突然开窍。立即上某宝搜索，搜到一家专营大码T恤的店，选了最大的下单两件。货到后往沙发靠背上一套,那真是又合适又好看。关键是,靠在沙发上就如同靠在一个宽广的胸膛上,我比沙发还高兴。

其实这些事都没啥技术含量,还是那句话,要敢想敢做敢另类,凡事 try try see。前不久,我在厨房里也做出了贡献。有一天,家里摊鸡蛋饼,我一直觉得鸡蛋饼没劲道,软塌塌的。那天忽然想,在调和鸡蛋与面粉时加点儿藕粉试试呢?藕粉黏糊糊的(据说是黏液蛋白),加进去鸡蛋饼肯定有嚼头,营养也更好。于是就倒了一小袋(50克的样子)进去搅和。果然,那天的鸡蛋饼口感大幅提升。我马上显摆到朋友圈,声称免费分享专利技术。(友情提醒:没有藕粉的朋友也可以用

魔芋粉、葛粉等尝试）

  当然也有失败的。我每次出门戴墨镜，都觉得墨镜盒子太大，占地方。但是墨镜又不能不保护一下。某天突发奇想，买了一对漂亮船袜用来装墨镜，大小正合适，放在包里也很省地方。我索性一只装墨镜一只装老花镜，凑成一对。有一天我去美容院做护理，走的时候把装老花镜的船袜落在美容院了。一会儿美容师打电话给我，很是惊慌地说，你怎么穿了一只袜子就走了（难不成老年痴呆了）？虽然我努力解释了那袜子是用来装眼镜的，她还是大为不解。由此我想，一个女人总是从手提包里掏出袜子来，确实不妥，只好放弃了这项发明。但也算曾经拥有了。

回头再说最近这段时间那个突发奇想：我每天看到绿色的肉肉们，脑子里那个"要不要放进冰箱冻一冻"的念头就挥之不去。终于有一天，趁家长不在家，我将一盆多肉放进冷冻层做实验。我看着钟，冻了一个小时，拿出来时叶片上已经有冰碴了……若要问那肉肉在冷冻之后是红了，还是挂了，我觉得我最好不说，以维护本人善于创新、凡事 try try see 的美好形象。●

没准儿心里还在轻轻地、深情地欢呼道：啊，你终于来了，你总算来了！

05:00:00

05:00

会议合影

05:05:00

曾经看到一个问卷，其中一条问，你生活中最小的痛苦是什么，我原来的答案是，开车时丈夫坐在旁边。现在我改了，改成会议合影。

　　迄今为止，本人已拍过无数的会议合影，且拍照的频率是随着年龄的增长越来越多。原来几年拍一次，现在一年拍几次。可能会有人说，你不要那么矫情，合影拍得多，说明你经常外出开会，人家想照都照不了呢。我也知道写这样的东西会被人拍，但最近又一次参加会议合影，实在痛苦，请允许我倾诉一下吧。

凡拍过会议合影的人一定都有体验，其痛苦在于，首先，我等作为背景的非重要人物必须早早站好，不是随便站哦，是按事先排好的名单，站到专门用于拍照的架子上。一般来说，我是站在倒数第一或第二排的位置上，高高在上，仅有立足之地。站稳后，努力从前排的肩膀上露个小脑袋（有时是半个）。

其次，站好了就开始等待，等待大人物的光临。最短的也得等十分钟，长的等半小时，最长的一次我等了一小时（在所有修辞手段里我最不擅长的是夸张，所以这一小时肯定是扎扎实实的）。关键是，这一小时里，我们仅有立锥之地，脚酸了，只好用金鸡独立的方式倒腾一下,让两只脚轮流获得短暂休息。像我等女流之辈,还喜欢穿高跟鞋,高跟鞋站在架子上,那不是一般的累。

第三,因为是开会,多数人你还不认识,你的等待是夹在前后左右的陌生人中间。运气不好的时候,你前面的那个脑袋已经很久没洗了,你还得细细感受一个懒人或者工作狂的浓郁的生活气息;运气好的时候,你前面那个脑袋属于讲究生活品位的一类,喜欢用香水,因为出来开会,还额外多喷了不少,你只好免费享用那个杀人的家伙发明出来的化学气息。当然,你也得清醒地意识到,你的脑袋也在别人的鼻子下面,你头上冒出的白发或者难以掩盖的秃顶,都长时间的在别人眼皮下免费展出,供其研究或者窃笑。

我等就在以上三层痛苦中等待着大人物的到来。

大人物终于来了,你要笑容满面热情鼓掌——不过那个时候鼓掌,还真的是充满了喜悦,没准儿心里还在轻轻地、深情地欢呼道:啊,你终于来了,你总算来了!

我发誓,我不是抱怨大人物,大人物确实忙,分分秒秒都有重要的事情处理,如果跟我等一起到,耗费三三十分钟来站位置,实在是对国家和人民资源的极大的浪费。不像我等,反正没啥事儿,闲着也是闲着,站在架子上也是工作组成部分。

可是今天,我站得实在是太累、太痛苦了。天气炎热,运气不好,我站在倒数第二排,前后左右,既有浓郁的香水味儿，也有浓郁的"生活气息"，混合在一起，实在不佳。加上我穿了一双高跟鞋，久站之后脚酸痛不堪。但无处可逃。

问题是（现在进入深层次探讨）：这样忍受痛苦拍出来的合影，多数人（含我）拿回去不会再看第二眼，扔在柜子里，浪费时间就算了，还浪费钱。一张照片10元至50元不等，每照一次，加上洗照片，都得花费上千元乃至数千元人民币，成为高额会议经费无法降低的重要原因，而且还对与影者造成潜在心理伤害。（这个不好论证，姑且先提出来再说）

一般来说，重要的会议合影都拍三张，从中选出一张理想的加印给大家，不是看你的形象是否理想哦，是看大人物的形象是否理想。所以你多半是难看的，甚至是模糊不清的。大大的一张，里面有个米粒儿似的你。当然，大家都是米粒儿，大人物也是米粒儿。运气好了，你全头参展，运气不好，你半个脸出席。一般人发现不了你在哪儿。（有一回有人告诉我，发会议合影时要配发放大镜。我信以为真，满心喜悦地想，我们国家以人为本的脚步迈得很快啊。后来才知是和我一样不喜欢会议合影的人在调侃）而且像我这样的人，一辈子的会议合影，都超不出那个圈子，我不可能站在科学家中间，不可能站在律师、法官中间，不可能站在运动员中间，等等，照来照去就是那个圈子，没啥新花样，看到的只是一张比一张老而已。

可是屁股决定脑袋，我觉得没意思的事情，人家组织召开会议的人肯定认为有意思，而且非常重要。第一，证明确实开过这个会，第二，证明上级领导的重视（亲自出席），也许还有第三和第四。

我只有立足现实找出解除痛苦的方式。

今天我站在架子上苦思冥想，想出以下几点出路，并一一分析：

第一，熬到老资格。不行，我亲眼看见很多资格很老的家伙，今天也站在架子上受刑。

第二，争取当官儿坐在前排。也难，你在这个单位是官儿，你一出去开会就被削职为民，谁搭理你啊，非得当到那种走到哪儿都有VIP大道的才行。这个嘛，嘿嘿，我耗尽毕生心血，穷尽一生智慧也巴不上边儿哈。

第三，躲。我曾成功地躲掉一次，我对自己说，你以为你是谁啊，你不在场没人会注意的。果然，我躲在会议室喝茶，他们在楼下站架子。等他们拍完上来，我已经喝得很舒服了，颇有成就感。可多数时候是不成功的，总有非常负责的工作人员会把你从房间里揪出来，或者打你的电话，在众人面前大呼小叫"就差你了"云云，以至于你不但得来，还得小跑着来。

第四，心理抚慰。拿到集体照回去后，连续若干天带在身边，见人就给人看，指出自己所在的位置，并一一指点会上的名人，以示自己和自己所参加的会议之重要，然后再配以相框找一面墙挂上，作为心理弥补。

可是，很难做到啊，须脸皮较结实者方可。

第五，采用高科技手段。由于拍会议合影的主要痛苦来源于等待，等大人物，我由此想到，各部门可将需要的大人物形象做成电脑软件，拍集体照时空好位置，我等拍好背景，再把大人物的头像一一安放在空好的位置上，省时省力，也免去了大人物的辛劳。

如何？这第五条我是很用心才想出来的，含有"科研"成分。但这个建议我个人无法实现，首先要被大会组织者采纳才行，其次还需懂电脑的人做出相应的软件。所以，一时半会儿也实现不了。

那么就剩最后一招了：改行当那个拍合影的人。

今天我站在架子上，看到最悠然自得的，就是那个等着给我们拍照的摄影师了。在大人物到来之前,他随便打量我们,调度我们,喂,你,站过来一点儿,喂,你,把脑袋露出来,矮的那个,你和你后面那个高的换一下……戴帽子的,你把帽子取了。那个女同志,看不到你了,你站直点儿,等等。然后,开始随便咔嚓,在人群中点杀这个,点杀那个,我等全部束手待擒,或者叫坐以待毙。看得我羡慕不已,心中顿时升起了新的理想和信念,努力争取在后半辈子,做一个拍会议合影的摄影师。●

每次看了回来父亲会问，电影怎么样？我回答：好看！

06:00:00

06:00

穆桂英和莫妮卡

06:03:45

我无比热爱电影,对那种几年都不进电影院的人,总会在心里白他一眼。远的不说,仅2020年夏天疫情缓解之后,半年之内,我就去电影院看了9部电影。疫情期间更是每天在网上找电影看。可以说,是电影点亮了我无数个烦闷的日子,抚慰了我的心灵。我曾经写过一篇随笔,叫《热爱话剧》,细说我看话剧的经历和那些看过的话剧,其实也就二三十部,几乎是电影的零头吧。如此说来,我欠电影一篇随笔,感激的随笔。

我看电影的历史，要追溯到学龄前。小时候，父亲他们学院里周末必放电影，有时在大礼堂，有时在广场，我和姐姐一场不落。每次看了回来父亲会问，电影怎么样？我回答：好看！父亲摇头：总是这一句。是哪里好看？我羞愧地低头，说不出来。更为羞愧的是，至今我仍然说不出，每每向朋友推荐电影时，我依然是那两个字：好看。最多加一句，精彩。

　　但是，即使说不出个子丑寅卯，我也知道，有的电影，是在我心里打下了深深烙印的，或者说影响了我人生的。

　　就说说其中两部吧，它们留在了我的青春记忆里。

1977年我当兵到部队。我们连和军部挨着，只要军机关放电影，我们就排队去看，拿着小板凳，唱着《大刀进行曲》(因为连长只会这一句：大刀向，预备唱)。

那个时候能有多少电影啊，我说的是20世纪70年代末，较有影响力的就是"三战两队"：《地雷战》《地道战》《南征北战》《敌后武工队》《铁道游击队》，最多加上个《英雄儿女》，最新鲜的也就是阿尔巴尼亚电影《宁死不屈》。英雄好汉们翻来覆去地在我们眼前晃，晃得我们无比渺小。当然，那个时候生活枯燥，没有电视，鲜有书报，休提网络，有电影看总比没电影看好。所以一通知看电影，大家还是欢呼雀跃。

但唯有一部电影是例外，那就是《杨门女将》。

这是一部戏曲电影，准确地说是京剧。讲的是宋朝杨家将的故事。孙儿杨宗保为国捐躯后，曾祖母佘太君以百岁之身，率孙媳妇穆桂英及杨家四代奔赴边关，抗敌救国。第一次看时，多少有些新鲜，回到宿舍，大家还学着寇准来了几句"挂得挂不得"，还认识了个生僻字：佘，佘太君的佘。第二次看时，就有些不耐烦了；第三次看时，觉得好难熬；第四次看时，知道了什么叫痛苦；第五次，第五次就愤怒了，大家一起叫：怎么又是《杨门女将》啊！想想我们当时也就十八九岁的年纪，哪里会喜欢那样慢慢吞吞的咿咿呀呀的戏文？管它是不是得过电影百花奖。

在连队的那两年，我大概看了四遍《杨门女将》，因为值班还逃脱一次。由此可见该军机关是多么喜欢放映《杨门女将》。我们是话务兵，消息灵通，很快就搞明白了军机关为什么总喜欢放这部片子了，原因很简单：军长喜欢，不，是酷爱。

军长喜欢，我们就没了脾气，我们和军长隔着千山万水，有脾气也没辙。其实我对这个军长的印象颇佳。有一年，军区来了个老首长，接见军直属单位，就把我们捎上了。老首长给我们作指示时啰里啰唆，絮絮叨叨，不知所云。当时军长就站在旁边，老首长一讲完他就讲，干脆利落地说，刚才首长作了三点指示，第一，第二，第三……我一听，佩服得不行，因为他说的三点，的确包含在大首长的絮叨里，他只是把它们扼要地提溜出来了。虽然军长个子不高，可我一下子觉得他很高大。

1979年春，该军上云南边境去打仗了，由该军长亲率。我们守着空空的营院等他们回来。那期间，我还亲自转接过从前线打来的报告噩耗的电话，牺牲的战士，是首长的孩子，让我间接地体验到了战争的残酷。那时候就盼着他们安全归来，哪怕再看几遍《杨门女将》。几个月后，他们终于班师回朝了。歌舞团前来慰问演出，我们也应邀去看。有个女演员给大家唱陕北民歌，一首又一首，怎么也下不来。无论她怎么鞠躬谢幕，大家都使劲儿鼓掌不停，啪啪啪地猛拍。也许是穿过枪林弹雨之后，对甜美的歌声格外迷恋？这个时候，我看见前排观众席上，站起来一个矮墩墩的人，他转过身，面向大家，我看清了，正是军长，尽管他的脸色已变得黢黑。他抬起他的两个粗短的胳膊，张开大巴掌，轻轻向下按了按，顿时，满场的掌声倏地消逝，安静得让人感动。

不知为何，那一刻，我想起了佘太君。你说这样的军长，他喜欢看个《杨门女将》，我们能有多大意见？

三十年后，我意外认识了军长的儿子，一个大校军官。当我知道他就是那个军长的儿子时，我的第一句话就是，你爸是哪儿人啊？他为什么那么喜欢看《杨门女将》啊？让我意外的是，他并不知道他爸有此爱好。他们家的孩子从小就很少跟父亲在一起。或许，他和父亲一起看电影的次数，远不如我多。在我跟他说起这段往事时，他父亲已去世多年。他到底是因为喜欢京剧而喜欢《杨门女将》，还是因为喜欢杀敌卫国的故事而喜欢《杨门女将》，还是因为喜欢某个演员的唱腔而喜欢《杨门女将》？这成了永远的悬案。

因为这段悬案，这部电影，永远留在了我的青春记忆里。

1979年南线战事一结束，我就向领导提出考大学的申请。其实头一年我也提出过，没被批准。这一次我死缠硬磨，终于争取到了参加1979年全国统考的机会。虽然仅有一个月的复习时间，我的分数还是高出了当年录取线39分。我兴高采烈去体检，却被查出肺部有阴影，医生怀疑是肺结核，将我打入另册。我从医院出来，一路哭着回到招待所。那时我在成都举目无亲，又不敢打电话和父母说。

晚上，当我一个人在房间掉着眼泪收拾行李打算回连队时，忽听广播通知要放电影，心想不管咋样先看了电影再说，就一个人拿个小凳子去操场看电影。那部电影，就是墨西哥电影《冷酷的心》。

说起来，这并不是一部高大上的电影，没获过什么奖，也不会列入必看电影名单。但在当时可是新鲜靓丽的，刚从国外引进，由上海电影译制厂译制。

电影讲述的是两姐妹的爱情故事，姐姐阿依媚漂亮性感，属于人见人爱花见花开那种，但占有欲很强。她和帅气儒雅的检察官莱纳多订婚后，又和莱纳多的同父异母兄弟，有着野性气质的胡安幽会。妹妹莫妮卡也很漂亮，但性格温柔，善良贤淑，尽管内心一直爱着莱纳多，却从未表露。眼见莱纳多要和姐姐结婚了，她痛苦不堪，就躲进了修道院。而修道院的嬷嬷为了考验她，一定要她去参加姐姐的婚礼，于是她又回到家中，与胡安相遇……之后，四个人在情感纠缠中发生了一连串曲折复杂的故事。

我那时没失恋过，所以对莫妮卡的失恋无动于衷。但是，她竟然也得了肺炎！这一下抓住了我。而且莫妮卡的肺炎非常严重（我却一点儿没感觉，坚决不相信自己得了肺炎），在胡安送她去修道院的船上，她发高烧，昏迷不醒，以至于胡安不得不先送她去牙买加治病。

我永远都忘不了那个画面，莫妮卡在热带的阳光中苏醒后，搞明白了自己的状况后，并没有为自己的遭遇悲伤哭泣，而是坚持要继续前往修道院，要为保住莱纳多和姐姐的幸福远离故乡。

我当时一下就振作起来了，这电影简直是为我量身定做的呀，我对自己说：一个资产阶级小姐都这么坚强，我还是个革命战士，怎么能这么娇气脆弱呢？我也要坚强起来！

这话放在今天，大家一定会捂嘴笑。但在那个年月，却是非常真实的。莫妮卡家境优渥，在我看来就是资产阶级小姐。而我，从当兵起，就自称是革命战士了。

第二天一早，"革命战士"就打起精神去另一家医院复查。复查医生听到我的分数后很为我惋惜。他说，我先不给你下诊断，你去治疗，如果是肺炎，很快就能治好，如果是结核，那你就该住院。我于是开始了每日大剂量的青链霉素注射，走路都疼。同时，坐公交车奔波于省招办和我们军区招办之间，请求给我时间。半个月后复查，阴影真的消失了。其实那阴影，就是我复习期间得了感冒无暇看病导致。而我，也终于进入了大学。

　　想起来真是幸运，我竟然在那个时候看了那部电影，可爱的莫妮卡，无意中成了我的励志楷模，让我迈过了人生那道坎。

　　老实说，从艺术标准讲，这电影并不出色，戏剧化冲突太过明显，人物形象也比较脸谱化、黑白分明。但情节复杂，演员漂亮，异域色彩浓厚，加上刘广宁这批老配音演员的配音，还是很吸引人的。电影的结局自然是落俗套的，就是好人好报那种。冷酷的阿依媚，得知胡安和妹妹相爱了，暴怒，骑马狂奔，摔死了；而莫妮卡和胡安，在彼此了解后相爱，终成眷属。莱纳多最终也接受了胡安这个同父异母的弟弟。

《杨门女将》和《冷酷的心》，或者说穆桂英和莫妮卡，这两部南辕北辙互不相干的电影，两个南辕北辙互不相干的女人，就这样留在了我的青春记忆里，让我至今感念。●

06:56:15

只有当美好的人和事远离我们的时候，我们才会怀想。

07:00:00

07:00
我的第一个责任编辑

07:04:17

1983年我大学毕业,开始试着写小说。其实在大学里也写过,都不成器,甚至结不了尾。毕业后又接着写,终于写出一个我自己感觉还可以的短篇,题为《绿色的山洼》,便投给了当时由解放军文艺出版社创办的《昆仑》杂志,一本大型文学双月刊。

大凡在军队从事文学创作,年龄又在50岁以上的,恐怕没有不知道《昆仑》杂志的,同时也没有不知道海波的。海波是位作家,同时是《昆仑》杂志的副主编,但他作为编辑的影响力远远大于作家。很多军队作家是在他的扶持下走上创作之路的。

我那时并不认识他，我谁也不认识，就是写个地址寄过去了。创作之初我一律是盲投。本子上抄了很多地址，给《人民文学》，给《随笔》，给《美文》，都是抄个地址贴上邮票就寄过去了，也都很幸运地被编辑老师发现并发表。

我很快接到了回信，龙飞凤舞的钢笔字，底下落款是海波。海波说看了稿子，感觉我有一定的创作基础，问我手头是否还有新作，如有，可带作品参加他们即将在新疆举办的笔会。我兴奋无比，马上回信说还有新作，非常想参加笔会。一来我从没参加过笔会，二来很想去新疆。

可我当时在教导队当教员,有很重的教学任务,教员们一个萝卜一个坑,领导不同意我外出参加笔会。但我非要去,为请下这个创作假,我几乎和领导闹僵。在经过无数曲折(足以再写三千字)之后,我终于来到北京,来到了《昆仑》编辑部,西什库茅屋胡同甲3号。

我还记得和海波的初次见面,是在走廊上。他迎上来和我握手。照说我该叫他老师的,可他的姓让我觉得不像个姓,叫"海老师"很别扭,就含含糊糊地应付了一下。海波说,原来是个女同志啊,你在作者简介上为什么不注明?我自负地说,我就是不想让人家知道我是个女的。他说,那能瞒住吗?早晚得知道。

不知为何,原定于在新疆举办的笔会取消了,改成"首都青年军人笔会",就是说,举办地改在北京了。北京也行啊,反正对我来说,只要是笔会就行。可是接下来又变了,说这个笔会举办方不集中安排住宿,让大家各自为战。这下好了,其他几位作者本来就在北京(有几个正在鲁迅文学院上作家班),都有地方住,只有我是外地来的,需要自己找地方住。

于是那一个月,我像个游击队员似的游荡,前后搬了4个住处。其中有一个多星期,我和朱苏进、乔良在一起,租了一个大学的宿舍。那算是最好的,每天还能和他们一起聊聊天。后来他们完成了作品就回鲁迅文学院上课去了,我就搬到了我表哥家。在表哥家住了一段时间后觉得太给他们添麻烦，又搬到了我一个在北京工作的同学的集体宿舍。集体宿舍也不能老住，于是再去找海波，海波又把我安排到原北京军区一个招待所，在八大处一个很僻静的地方。

我不是个心理承受能力很强的人，这么来回折腾，早已没了写作的心情。最最重要的是，我的稿子改来改去都通不过，或者说改来改去海波都不满意，他总是说我的作品没有"历史纵深感"，对人性的揭示不深刻，而我总是不服他。所以我们常常谈崩。

那时，我的确像个中学生一样喜欢抒情，喜欢表现美好（现在也长进不大），海波却希望我能写出人性的复杂。每当他给我一些情节上的建议时，我总是断然地说，人不可能这样的，或者说，我从没听说过这样的事。他大为光火，说怎么跟你谈稿子那么费劲儿呢？你怎么那么犟呢？但我就是固执己见。有一回，他说到我小说中写的老两口去散步，他说你不要写他们发感慨，你就让他们默默散步，他妈的什么话也别说，他妈的沉默才是最好的。我惊讶地望着他，不明白他为何说粗话。当时我想，看来我和他是无论如何也不可能谈拢的。

由于稿子修改不顺利，而我请假出来时又跟领导表态说，一定能发表作品。所以到了八大处后，我的心情坏到了极点。和我同住的一个女作者是个高干的孩子，所用的东西都是我没见过的高级货，所说的也都是些我没听过的陌生事。我愈发的自卑沮丧，烦躁不安，一个字也写不出来了。这是什么笔会呀？和我想的完全不一样。我还为了这个笔会和领导吵架，太失望了。

想来想去，我决定提前走。当时距离我的归期也没几天了。我收拾好行李，一个人坐公交车，再转车，从八大处来到《昆仑》编辑部，想和海波辞行。偏偏那天海波不在，好像是去印刷厂了。编辑部的其他人都各忙各的，没人搭理我，这更坚定了我离开的决心。于是我直接去了北京火车站。

我在候车室给海波写了封信，就大半页纸，其他话都忘了，只记得最后两句："让你的历史纵深感见鬼去吧！我回成都了！"我把信丢进信箱，登上了火车。

海波收到信后很意外，也有点儿生气，估计他从来没见过这样的作者，竟敢不打招呼就走，而且出言不逊。碰巧那天原成都军区作家简嘉去编辑部找他，海波把我的信拿给他看，笑说，瞧瞧你们军区的业余作者，还挺有脾气的嘛。简嘉看了信后幽默地说，她这样做的确不对，但你得承认她的字写得很好。

后来每每办笔会，海波必在笔会开始前说起此事，虽然他已不再生气，但还是告诫参会人员，不得效仿。

这是我后来知道的，知道的时候，已经是笑谈了。

但当时，我以如此不礼貌的方式告别海波后，海波生气归生气，并没有记恨我。他非常了解业余作者的处境，他知道我离开单位一个月，回去得有个交代。于是在当年（1984年）最后一期的《昆仑》上，他编发了我最早寄去的那篇《绿色的山洼》,那便是我的小说处女作。

当我拿到刊物时,心里除了感激,更多的是惭愧。

须知那时的《昆仑》已很有影响力,在全国众多的文学刊物中脱颖而出,成了一道重要的文学风景线。从《昆仑》走出来的作家数不胜数,《昆仑》自己的编辑们,也写出了不少优秀作品。我的小说处女作能在《昆仑》发表,实在是很荣幸。

后来见到海波,我们重提此事,都觉得很好笑。那时我也做了文学编辑,越发觉得海波多么不易。

海波告诉我,在他当编辑的 10 年里,像我这样不好调教的作者他一共碰上 3 个。有一个是退伍到地方上的青年作者,写了部爱情小说,不愿修改,便向海波诉说他心中的伤痛,哭得呜里哇啦的。值得庆幸的是,该同志终于在文坛上大红大紫了,且经久不衰。还有一个是某边防的副连长。这位副连长心性极高,海波跟他谈修改意见,他怎么都听不进去,海波情急之下就亲自为他修改,因为他从边防连请假到北京,海波怕他稿子发不出来没法向领导交代。可是当副连长看到他的稿子在海波的笔下血流成河时,就说,海编辑,我看这样改的话,不如用你的名字发。海波不但没生气,反而对他还有几分钦佩。在业余作者面前,他常常像个兄长一样厚道。后来这篇小说终于发出来了,署的当然不是海波的名字。

据我所知，这样被海波改出来发表的稿子，不在少数。尽管许多人认为，编辑不该这样捉刀代笔，但我却觉得，比起那些对作者（*尤其是初学作者*）漫不经心的编辑来，海波的做法永远让人感激和感动。海波身上那种对工作的认真劲儿，对作者的热情劲儿，对文学的虔诚劲儿，上哪儿去找？就在我那样顶撞了他之后，他仍继续向我约稿，继续邀请我参加笔会，还让我去编辑部帮助工作。当然，也继续枪毙我的稿子。他枪毙我稿子时从来不含含糊糊，总是直截了当，一针见血。有两回气得我发誓再不给他投稿了。但不管怎么样，那些年我还是在《昆仑》上发表了许多作品，并且获得了"昆仑文学奖"。如果说我后来在文学创作上有了一些成就的话，那是与海波分不开的；如果说我后来当编辑时，能够对作者有些热情和耐心的话，也都是海波给我做的好榜样。这绝不是套话。

如今，只要一想起最初走上文学道路的时光，我就会想起海波，想起《昆仑》，想起心高气傲的自己。只有当美好的人和事远离我们的时候，我们才会怀想。●

看他那么诚恳，
就委婉地说，
如果可能的话，
就再来一份虾。

08:00:00

08:00

老友记

08:03:00

一回头,是30年前的事。

20世纪90年代初,我的小说在省内引起一些关注。于是在四川省作家协会(以下简称"省作协")举办的"四川十青年作家研讨会"上,我有幸成为十分之一,还是唯一的女性。好像是春天,在成都近郊的山里,我们10个被讨论的作者,加上10个讨论我们的评论家,还有省作协的领导及工作人员,一大帮人,在一起开了三四天的会,很认真地研究了如何将我们培养成大作家的计划。会上其他内容我忘了，只记得出台了一个很具体的措施，就是每个评论家追踪一个作家，重点读他们的作品，写关于他们的评论。现在想来，我很感激省作协的这个举措，不管后来评论家对我有多少帮助，在当时我是备受鼓舞的。

当然我要说的不是这个。这只是个引子。

就是在那次会议上，我认识了几个后来成为我好朋友的作家和评论家。那是我第一次参加这样的文学活动，刚开始有些拘谨，几天会开下来，感觉大家都对我很友好，我也就放松了。会议结束合影时，大家将就景区的台阶，错落地站着或坐着。我被邀坐在第一排中间，当摄影师喊一二三时，我感觉有几只手迅速地搭在了我的肩膀上，并发出一阵开心的大笑。

照完后，几个"作案"的家伙嬉笑着问我，你把照片拿回去要不要紧？我回答说，我怕什么？我还担心你们被老婆骂呢。我的回答让他们更乐了，立即认定我这个人是可以做朋友的。因为在此之前，他们知道我在部队上，总觉得我比较刻板，不好打交道。从那次接触后，他们没这个顾虑了，也敢拿我开玩笑了。

从此我们就成了朋友，后来越来越熟悉，越来越融洽，结成了深厚的革命友谊。转眼30年了。

这几个人，就是当时30岁左右的年轻作家和评论家，如何世平，傅恒，高旭凡，刘继安，易丹，还有邓贤和阿来，我们在一起玩儿时总是互称老师，比如阿来，我们叫他窝老师（根据《阿房宫》的"阿"发音），然后是傅老师，刘老师，高老师，邓老师，裘老师，只有两个人例外，一个是何世平，我们叫他何台（他有很长一段时间在电视台任台长），还有一个是易丹，他当时是四川大学最年轻的教授，我们喊他教授。

　　阿老师有很强的语言模仿能力。他能模仿好几个领袖人物说话，讲段子活灵活现、生动传神。那些年，我们每次参加笔会聚会时，他都要露一手，常常让我们笑得前仰后合。阿老师表演完了，众人还要表演最后一个压轴节目，这个节目通常是易教授组织的。易教授虽然是"海龟"，却很喜欢乡土的东西，总是积极组织参与压轴节目，即小合唱：巴金文学院"院歌"。这个所谓的院歌纯属搞笑，就是用语录歌"老三篇"的旋律重新"填词"的：苞谷面，不但战士要吃，干部也要吃。苞谷面，最容易吃，真正消化就不容易了。要把苞谷面，当成细粮来吃。每一级，都要吃，吃了就要拉。搞好农业现代化，搞好农业现代化。

每次唱的时候，我都在下面笑得直不起腰来，他们却很严肃，面无表情。哈哈，实在是开心。所以到现在我还能很顺溜地写出歌词来。

其实我们最初认识时，傅老师还在内江，阿老师还在马尔康，高老师还在泸定，我们只是在笔会上才能见面相聚。后来他们都陆续调到成都了，我们的见面也就经常化、制度化了。

每次聚会，发起人通常是何台，倒不是因为他"有权有势"，而是比较有威望，就像我们这伙儿人的大哥（实际年龄他并不是最大）。他一召集，我们就聚在一起，有时在饭店，有时在他家。在他家就聚过好几次。那时他家房子并不大，被我们挤得满满的，聊天喝茶，也吃他夫人左孃孃（何台这么叫他夫人）烧的菜，喝我们家乡的加饭酒（何台最喜欢这种酒），还假模假式地抽雪茄，雪茄也是何台提供的，我附庸风雅浪费过两支。

我们这个老友圈子一直维持在 10 人以内，每次聚会多则 9 人，少则 6 人，因为数目不确定，所以也没有取个什么"七君子"或"八君子"的雅号。但这丝毫不妨碍我们的"雅兴"。其实说起来我们一点儿也不雅，在一起总是喜欢乱开玩笑,胡说八道,我作为女性,肯定也常常被他们调侃。但从来没发生过不快。记得有一次在大慈寺喝茶时,邓贤遇到一个女粉丝,就带过来和我们一起聚。因为忽然多了个陌生人,大家不自在起来,事后便集体批判邓贤,并规定以后谁也不许带圈外人参加,包括老婆和女朋友。这样一来,我就一直是这个圈子里唯一的女性了,独享殊荣。

虽然是唯一的女性,和他们在一起时我意识不到这点,只感觉和他们很玩儿得来,他们干什么也愿意拉上我,比如郊游登山,比如学开车。我差不多就是在那个时候跟他们学会开车的。关于学开车,我专门写了一篇随笔,这里就不重复了。反正让他们受惊不少。只说最近的一次吧，我们几个去雅安参加四川文学奖的评奖。返回时，何台请我和阿来坐他的车，我说那我有个条件，我来开。那时我刚学会开车，正有瘾。何台说，我还不想开呢，阿来也说，我还想睡个午觉呢。于是三人就上车，我坐上车把安全带横着拦在腰上，何台惊呼，你怎么系的安全带啊？我连忙说，一时疏忽。车子一启动就一个小趔趄，何台立即知道上当了，赶紧也系上了安全带，坐在后面的阿来也系上了。何台的车是一辆别克商务车，很好开，我便以平均120码的速度，从雅安开回了成都，很爽很过瘾。可怜两位老友，从头至尾瞪着眼睛一眨不眨地看着前方，别说睡午觉了，连聊天都没聊。到成都收费站时何台说，进城路不好走，我来开吧。

我刚一交出方向盘何台就说，裘老师，现在我要批评你了，你开车也太野了。于是一二三，指出了三个问题。我连连点头表示接受，反正已经过完瘾了。我还没敢告诉他们，那是我第一次开高速路。

我和他们的关系，可以用邓贤的一个段子来说明。有一次邓老师在书店搞签名售书，我婆婆正好去书店遇上了，于是也捧场买了一本让他签名。我婆婆和邓贤的丈母娘是同事，他夫人自然就把我婆婆介绍给了邓贤。邓贤非常热情地将我婆婆拉到一边，颇为坦诚地说，阿姨我告诉你，我跟山山的关系特别好，我们是铁哥们儿。我婆婆后来告诉了我，我简直不知说什么好，只能点头说是。再见到邓贤时我说，邓贤同志，你也过分坦荡了吧？还好我婆婆是心大的人。

当然，毕竟我们都是些文人，在一起不光玩儿，也要搞些文学活动。有一次，时任四川文学杂志社编辑部主任的刘老师和高老师，策划在他们刊物上搞一次"文学四人谈"，好像是何世平、邓贤、易教授、我，四个人。为了扩大影响，先在广播电台上谈，和观众互动，再整理出来刊登在刊物上。那天我们四个在直播间，刘老师和高老师在外面配合，没人打电话的时候他们就打进来，假装成听众问一些事先想好的问题，我们则假模假式耐心地回答，但回答的内容是真诚的。现在想想，真是很天真很可爱。刘老师平时说话有点儿结巴，但那天打电话却很流畅。下来之后，我们半表扬半调侃地问他是不是照着纸上念的,他否认。我们又问,那是不是一边打拍子一边说的,他自嘲说,哪里啊,为了打这个电话,我头天就到演讲学校去参加过培训了。笑得我们肚子疼。

从电台出来正好是中午,刘老师就代表编辑部请我们去吃饭。去了一家火锅店。当时大家都比较清贫,20世纪90年代中期嘛,杂志社更是拮据。刘老师就点了些普通菜肴,唯一比较贵的菜就是基围虾。吃得差不多时,刘老师客气地问,你们还要添点儿什么菜吗?邓贤大大咧咧地说,再来一份儿粉(条)吧!刘老师痛快地说,好,没问题。又问,还要什么?我毕竟是江南人,很喜欢基围虾,看他那么诚恳,就委婉地说,如果可能的话,就再来一份虾。刘老师脸色大变,嘴上虽然说好,神色已开始不安。粉条和基围虾都上来了,我丝毫没察觉刘老师的紧张。吃完结账时,刘老师小声跟高老师说,万一我钱不够,你借我哈。原来刘老师总共就带了不到400元钱,那份虾就是40元。幸好饭钱是三百七十多,刚好够了。结完账突然停电,刘老师一挥手,跟突袭了敌军炮楼似的大喊一声:快走!

这件事后来成为我们聚会时必说的一个段子,被嘲笑的第一对象肯定是刘老师,一份虾居然就那么紧张;第二是邓贤,居然那么好打发,"再来一份儿粉"就完了;最后是我,居然那么温文尔雅地要了最贵的菜,让刘老师受到了惊吓。我的那句"如果可能的话,就再来一份虾"四处流传,一直传到北京,传到《当代》编辑部。我每次去《当代》编辑部吃饭,他们都说,别忘了给裘山山点基围虾啊。搞得我很不好意思,连连说现在已经不那么馋它了。

基围虾的故事还没完。第二天,高老师他们几个就一人出了20元钱(没让我出),到成都当时最大的农贸市场,买了两斤新鲜基围虾,60块钱一斤,用水桶提回来,把我叫去,说让我吃个够。我们几个就在高老师的"贫民窟"里(高老师当时尚未正式调到省作协,暂住在作协围墙边一个很简陋的小平房里),用清水把虾一煮,搞了些醋和姜蘸蘸,集体饕餮了一餐。这样的饕餮进行了两次,真的是让我吃够了,后来再没那么馋虾了。

有一次阿来生病住院了，我们几个就去医院看他。到了医院，门卫不让进，大概是过了探视时间。我们就指着刘老师跟门卫说，他可是某省长的侄儿哦（刘老师跟当时那个省长长得很像），忽悠了半天，总算让我们进去了。见到阿来，阿来正老老实实躺在病床上打点滴，但问题不是很大，很快能出院。我们放心了，就开始拿他调侃，胡说八道一番，寻开心。

阿来出院后，暂住在高老师的"贫民窟"调养，我们又去看他。一去我就发现高老师门口的一盆花蔫了，问高老师何故。高老师说，还不是怪窝老师，他每天早上对着那盆花练气功，把人家的气采光了啊。这事又成为我们这伙人说笑的一个段子。

这里还有个可以载入文学史的细节。我当时坐在高老师的破旧沙发上,顺手拿起放在角落的一摞稿子,一看,是阿来写的长篇。我翻了几页,感觉和阿来以往的小说一样,语言很有韵味儿,我当时想,诗人写小说就是不一样。高老师告诉我,阿来的这个长篇已经游走了两三家出版社了,还没着落。那时长篇没现在这么受重视,现在所有出版社跟"打新股"一样抢长篇,好像只要是长篇必盈利。但当时屋子里闹哄哄的,我没细看就放下了。后来才知,这部被我漫不经心翻阅过的书稿,就是大名鼎鼎的《尘埃落定》。早知道我当时就放个话在那儿了:此书必火。留个脚印先。呵呵。

书出版后，阿来签名送我一本，亲自拿到我住的军区大院门口，他给我打电话说，解放军，出来拿书。阿来一直叫我解放军，不叫裘老师。有时他会说，解放军，你好久（什么时候）拿笔军费出来请我们喝酒撒？我说本来都想请你的，你这么说我就不敢请了。

关于阿来，还有一件往事。1995年，《青年作家》《当代》《湖南文学》三家编辑部，一起去九寨沟办笔会。那时我们的亲密战友傅老师已经是《青年作家》主编了，我们铁定是嘉宾嘛。我们坐汽车先到阿坝州州府马尔康，我因为不适应那盘山路，一路晕车猛倒粮食，到达宾馆就倒下了，无法进食。在马尔康接应我们的阿来一看我的惨状，立马叫老婆熬了热稀饭送到宾馆给我。我那时有气无力地躺在床上,看见热稀饭如同看见亲娘一般,吃下去就好多了,第二天便振作起来。虽然阿来同志现在挺着将军肚忙碌于各种会议,看见俺时常顾不上打招呼,但俺还是要把此事写入《老友记》以示不忘。

那次我们在九寨沟玩儿得很开心。说是笔会,见到的全是朋友。那是我第一次去九寨沟。景美人好,自然快乐。过一座独木桥时,我们四个(傅老师、刘老师、高老师加上我)一起站在独木桥上,一字排开作天鹅展翅状,拍下一张珍贵的照片。此照片我每看每乐,也被没去成的易教授和何台多次打击,说我们是四只老天鹅。还有一张照片也很珍贵,我跟阿来背对背坐在一个树墩上,我歪戴帽子,阿来露出憨憨的笑容,背景是青山绿水。那时的我们虽然已经三十多岁了，但毕竟还很年轻。真是很怀念那个如九寨沟景色一样清爽的日子啊。

一晃就是新千年。那年我有一个调北京的机会，几个老友知道后纷纷反对。易教授先说，你跑北京去干什么？那个地方那么缺水，洗一次头只能分给你一盆水。刘老师说，天天刮那么大的风，还不把你吹到内蒙古去？何台说得更干脆：在北京你有我们这样的朋友吗？你看你那么显年轻，就是因为有我们这群老友滋润着你，你去北京马上就老掉。

我本来就很犹豫，听他们这么一说，坚决不去啦。

值此岁末，衷心祝愿我的老友们新年快乐，平安吉祥。●

老爸对老妈的崇拜，从恋爱开始，延续了一生。

09:00:00

09:00

曾经的欢声笑语

09:02:18

我老爸老妈有"三同"：同年生（属虎），同是浙江人（一个嵊州，一个东阳），同有两个女儿。最后这一"同"有凑数字的嫌疑。

根据我们家"法律"，我每周六要给老爸老妈打电话（每周日要去看望公公婆婆），不管在哪里，中国还是外国，西藏还是成都，灾区采访还是北京开会，都雷打不动。当然，在周六之外，我有时也会打电话，比如咨询个事情，或者忽然想跟他们聊聊了。偶尔，他们也会主动打给我，跟我说个什么事儿，或者说给我寄了东西告诉我。

差不多每次打电话，我都会乐不可支，被他们逗得开怀大笑。如此说来他们还有一"同"——同样风趣幽默。比如：

我：杭州下雪了吗？

老妈：没有啊，绕过杭州，下到温州去了。真不像话。

我：也好啊。免得你们太冷啊。

老妈：我们怕什么啊，两套方案呢，下雪就开空调，出太阳就坐阳台那儿。

我：我婆婆给你们寄的贺卡收到没有？

老妈：收到啦，你婆婆的文笔还很不错呢。

我：那是，想当初人家也是记者啊。

老妈：看今朝人家还得过奖（我婆婆最近参加单位征文得了奖）。

哈哈，老妈有时候那反应速度真让我吃惊，非常快。

有次我去云南采访，周六出发的，于是去机场的路上给老爸老妈打电话。老妈接了电话就说，你放下，我们打过来。

他们经常如此，要我放下，他们打过来，其原因是，老是有推销电话费的上门，老爸经不住劝，竟然预存了三千块钱，不花出去他们有心理负担。

我说我在路上呢，就简单说几句吧。

老妈说,好,好,不耽误你。

我在电话里告诉老妈,我们一家已经确定一起回杭州过年了。

老妈说,太好了,你们尽管过来吧,你爸已经去订旁边那家宾馆的房间了。

我很吃惊:我爸去宾馆订房间?他这么能干啊?

老妈:那当然,要不怎么会有你这么能干的女儿啊。

我大笑:妈瞧你这话说的,太有水平了。

老妈得意:我这叫一石二鸟。

有一年,我帮老爸印一本诗集,老爸虽然是学工程的,却是个文学爱好者,尤其喜爱古典诗词,从年轻时就喜欢写,积累多了,我帮他印出来,好让他分送给朋友。

老爸收到诗集，每天都去分送。院子里的就一家一家上门放邮箱，远方的就去邮局寄。周六我打电话过去，是老妈接的，聊了一会儿我问，我爸呢？老妈答：你老爸出去搞发行去了！

真把我眼泪都笑出来了。

虽然我说他俩都很风趣，但老妈的幽默更胜一筹，毕竟老爸是工程师，跟数字打交道，以严谨著称。比如我有篇随笔，说他读书时"成绩总是名列前茅"，他很认真地给我改成"总是考前三名"（"我又不是回回第一"）。我写到他的奶奶，就说祖奶奶非常善良，他给我改成"比较善良"。诸如此类吧，完全是在用绘图般的严谨对待文学创作。我帮他印诗集，问他要多少本，他算了半天，说 230 本。我知道他这已经是四舍五入了，没具体到个位数就已经很好了。

老妈还有个强项——字写得漂亮，在我们家绝对排第一。老妈从小跟着外公练字，是有童子功的。老妈从小跟着外公练字。外公算是东阳本土书法家，逢年过节会搬个桌子在街上帮人写春联，每次去都让老妈跟着，闲时研墨，忙时顶替上阵。

当然老爸也有强项，那就是记忆力超强，至今仍能背几十首唐诗宋词，包括《琵琶行》《长恨歌》（我都背不下来了）；也至今能做两位数乘两位数的心算。有时我们买了东西，故意不用计算器而是让他算，他从没算

错过。这一点，到我和姐姐这里已经失传了。(书法也失传了，一代不如一代呀，羞愧)

虽然各有所长，但长期以来，做粉丝的是老爸，做偶像的是老妈。老爸对老妈的崇拜，从恋爱开始，延续了一生。他甚至不顾两个女儿的脸面，下定论说，你们两个最多传承了你们妈妈的5分。

我也不得不承认，老妈的聪明，的确是我们无法企及的。尤其是她的机智幽默，少有。

有一回，我拿了一袋河南小米回家，老爸马上要去熬，老妈说等看了说明再熬(在烹饪上老妈是绝对权威)。于是老妈戴上老花镜开始念："取适量小米，水初沸时入锅，文火熬50分钟以上(砂锅最佳)，如加入大枣、花生、核桃仁或鸡肉……"

老爸还没听完就连连说，哦哟，太麻烦了！

老妈说，我还没念完呢你急什么呀？最后一句是，如嫌麻烦可以不吃。

前年秋天，老爸拉肚子住院了，我很紧张，连忙赶回杭州，一看没有大碍，才放心。老妈向我汇报：你爸早上说他不舒服，我一摸，脑袋有点儿发热，赶快给干休所医生打电话。医生来了，一看就决定送他去医院。八点就住了进去。从你爸"报案"，到把他"捉进"医院，两个小时。一点儿没耽误。

杭州西湖申遗成功，我打电话回去时，老妈问我看到消息没有，我说看到了，好事。老妈感叹说，申遗成功,全靠苏市长当年打下的基础啊。我一时没反应过来:哪个苏市长?老妈说:当然是苏东坡喽。

一般来说,我打电话回去,老爸一看是我的号码,会拿起话筒先递给老妈。除非老妈有事不能接,他才会跟我说。

老妈聊天是感性的、随意的,甚至丢三落四的,唠叨重复的,而老爸就是一二三几件事,信息量比较大。所以等老妈说够了,或者忽然不想说了,就叫老爸,你过来跟你女儿说几句。

老爸接过电话,非常认真地说,我补充两点……相当于正职汇报完工作,副职补充两句。

比如我打电话告诉他们,他们的外孙已定下行程,将直接从北京回杭州过年。老妈高兴得哈哈大笑,说太好了,大人物终于要回来了,需要我们列队欢迎不? 我顺着她说,挂个横幅就可以啦。老妈很抒情地说,横幅算什么,现在我们的每一间房子都充满了期盼。

老妈抒情完毕,就让老爸接电话。

老爸上来就说,杭杭是19号上午到还是下午到? 几点的航班? 需要车接吗?

看看,截然不同的风格。

我说你不用管他,他一个大小伙子,自己会到家的。

老爸说,老小伙子去接接他也没问题呀。

有次春节我在家,早上一起床老妈就跟我说,哎呀你爸早上把我骗了,我还没起来,他就跟我说,雪下得好大，一个晚上就一尺厚了！我连忙爬起来看，根本没有雪。

我说，他经常骗你的，你怎么还上当？

老妈说，这次他骗术很高明，有后续，他很认真地说，这次天气预报真准，要表扬的。我就信了。

这时老爸走过来了，我说，听说你今天把妈给骗了？老爸毫不掩饰，得意地说，那是，相当成功。

那年6月，我从美国返回，凌晨4点多才到家，为倒时差坚决不睡，于是一天都昏昏沉沉的。老爸老妈打电话来，我也不想说话。到了黄昏上网时，忽然发现那天是父亲节，连忙再给老爸打过去，祝他父亲节快乐。老爸自然是非常开心的，但嘴上却说，我看这个父亲节完全没必要嘛,有个母亲节就可以了嘛。为什么我们要造航空母舰,不造航空父舰?说明母亲比父亲重要得多嘛。

一句话把我逗乐了,人也清醒了。

国庆节我回家去看他们,老妈说我长胖了,我很沮丧地说,是啊,没办法,挡不住的。老爸连忙安慰:哪里长胖了?我看正好,正合适,一点儿也不胖。

老爸说这话时坐在沙发上喝茶,我就从他跟前走过去,他忽然大发感慨地跟我妈说,啊,山山从我面前走过去,我眼前一黑,庞然大物一样。

国庆节之后,杭州开全国残疾人运动会。老妈一早就守在电视机边,这种场景很少见。我问她看什么呢?

她说是头天晚上的残疾人运动会开幕式，因为太晚了没看，今天补看。

我不以为然地说，这个还要补看啊？

老妈说，残疾人多不容易，我们什么也不能帮他们，关心一下总应该的。

说得我心里怪惭愧。

过了一会儿再去客厅时，看到老妈眼圈儿发红。

我说，被感动了呀？

老妈说，是的，很受教育。人家残疾人这么坚强，我们经历点儿挫折算什么啊。

瞧瞧这觉悟，还要进步。

我每次回家，都有一件很重要的事，就是听老妈发牢骚。奇怪，我老爸对她百依百顺，她还是会发老爸的牢骚，也许除了老爸，她没人可抱怨。我就让她说，等她说完我再说，我爸对你够好啦，没几个人能比的。老妈通常都承认的，偶尔也会耍赖，非说还不够好。

有一次我就给她讲我一个女友父母的事，女友父亲长期卧病在床，母亲日日照顾，每天午睡起来要刮一碗水果泥，晚上九点还要擀一碗面条，半夜还要起来换热水袋，就这样老父亲还经常发脾气……

老妈听了连连惊呼：哎呀呀，以后你经常给我讲讲这种事，我就对你爸很满意了。

老妈此生有两大爱好，一是读报，二是养花。

养花我已经专门写了一篇，这里就说读报。家里订了六七份报纸，她每天都要看完。不愧是报社老编辑。有一回，她在报上看到一个社会新闻，气得要死，打电话告诉我时还气呼呼的。

我劝她，你血压高，以后碰上这种新闻不要看。

老妈说，要看的，生生气免得老年痴呆。

有时候老妈还会职业性地比较两家报纸的新闻标题，对不好的那一个说，这个主编该挨板子，立场不明确。或者，这组照片要表扬，版面生动，贴近生活。

老爸也喜欢看报，每天上午就是他们俩的看报时间。但两人的看报风格不同。老妈是广泛地看，七八份报纸都要看完，国际国内、家长里短、修身养性、虫鱼花草，所以老妈什么都懂点儿；而老爸是重点看，他只看《南方周末》《作家文摘》，加上《参考消息》。

而且老爸看到他认为好的文章，是一定要动笔和剪刀的，还要尺子，比画着剪下来，然后拿到外面去复印十份以上，分发给干休所的老头们。比如有段时间钓鱼岛局势紧张，他就特别关注这方面的资料。老爸对钓鱼岛和日本相关问题的看法都很理性。他说街上那些借着"反日"打砸抢的，不是爱国主义，是"害国主义"。所以他印发的，也都是些很理性的文章。算是传播理性吧。

这些年老妈看报，特别关注营养方面的知识，脑子里装了很多，时常向我传授。有时我真奇怪她怎么就记得住那么多信息。比如她告诉我，动脑子的人要多吃四季豆，里面含草酸，是补脑的。又比如女人要多吃藕和姜，它们是抗氧化的好食品，可以让人少长斑。还比如，嫩胡豆含有丰富的多巴胺，补充多巴胺可以防止帕金森病。胡萝卜素是养眼的，芹菜是降压的，豆腐乳有丰富的氨基酸，等等。

天长日久，不仅我老爸深受影响，连他们请的钟点工小艳也受了影响，于是他们的饭桌上时常冒出各种术语。

有次吃饭，一碗嫩胡豆还剩几颗，老爸就说，剩下的这几颗多巴胺我来吃光吧。小艳就说，嗯，这两天多巴胺涨价了。

有段时间老爸酷爱吃红烧猪蹄子，老妈说胆固醇太高，老人不宜。老爸不听。老妈就把从报纸上剪下的各类食品胆固醇排行表压在饭桌玻璃板下面,排在第一的就是猪蹄子,以此警醒老爸。有天老爸从外面回来,进门就明目张胆地说,今天我们红烧胆固醇吧。

其实老妈也爱吃猪蹄子的,很容易就放弃抵抗了。不过老妈一定会找出吃它的道理来。她说,猪蹄子有丰富的胶原蛋白,对老年人的关节有好处。后来,小艳就经常去买"知味观"的"红烧胆固醇"。我每次回家,也要跟着他们吃几次"红烧胆固醇"。惭愧的是,我吃饭远不如他们老两口吃得香。所以我曾经说自己前世是撑死的。

这两年,老爸越来越能开玩笑了,毕竟在老妈的长期熏陶下(已熏陶半个多世纪了),也常有妙语出口了。

干休所有个老头，非常节省，其中有个经典的例子被我写进了小说，就是烧开水前要先晒一个小时，据说这样就可以节省一分钟的煤气。我回家老爸指给我看，果然在阳台上看到一壶水。

　　老爸去买菜时，在路上碰到了这个节约老头，老头看了老爸的菜篮子就批评说，你怎么又买豆浆又买豆腐？两样的营养是重复的，太浪费了。老爸不服，回嘴说，那么节省干什么？我女儿说了，花出去的钱才是自己的。但老头还是批评老爸浪费，还讲了一大通道理。老爸气不过，第二天遇见他时一本正经地说，老王啊，你是对的，昨天我在报上看到消息了，现在科技进步了，钱可以带到那边去花了。

那老头知道老爸是调侃他,被逗得哈哈大笑。

他也经常逗我开心,比如我说,那天我听到妈摔跤了,吓了一跳!老爸就说,我看你坐得好好的又没跳起来。

他最常逗的是小艳。小艳搞卫生,捡起地上的一点渣滓,他马上一本正经地说,不能吃啊。小艳经过他们三年的熏陶,也很会开玩笑了,就回答说,我正想吃呢。黄昏的时候,老爸说,小艳,下雨了哦,要租雨披吗?小艳马上说,我带了的,不租你的。我插话说,他竟敢收你租金?小艳说,嗯,而且租金还天天涨价。老爸说,不然我们家钱不够用啊。

全家哈哈大笑。

小艳是个"80后",全家都在杭州打工。她在我们家跟上班一样,上午是八点半到十一点半上班,下午是三点到六点上班。除了做家务,还能去医院帮着拿药。很顶用。和老爸老妈相处得很好。

某天,老爸老妈坐在阳台上聊天。老爸望着窗外抒情说,啊,今天这个天气,没有一点云,没有一点雨,没有一点风,三个一点没有,让我对老天爷实在是太满意了。

老妈说,那你还不赶快给老天爷发个短信表扬一下?然后喊,小艳,你有新任务了。

小艳从厨房跑过来问,什么事?

老爸一本正经地说,帮我给老天爷发个短信,谢谢他给我们这么好的天气。

小艳很淡定地说,昨天不是发过了吗?

一家人穷开心。

2012年春节我回家,聊到了老爸老妈的婚姻。老爸说,明年我们就是"金刚钻婚"了。我说不是"金刚钻婚",是"钻石婚"。老爸立即说,钻石的钻也是金刚钻的钻啊,我们就叫"金刚钻石婚"。

我问,准备怎么庆祝呢?

老爸说,那还不简单,小艳把桌子擦擦干净,去买一个知味观的红烧蹄髈回来摆上,我再拿一瓶五粮液出来,庆祝。

因为这几年老妈的关节出了问题,行走困难,我们已很少到外面饭店吃饭了。但是只要他们俩快乐，在家庆祝也一样会快乐的。

我说好呀，到时候我们全家都回来。

遗憾的是，残酷的是，我没能等到这一天。

老爸老妈也没能等到这一天：2012年年底，老爸查出食道癌，八个月后，他离开了我们。他们的钻石婚，就在2013年年底。

我们家的欢声笑语，戛然终止在2012年的冬天。

我还记得老爸说的最后一句笑话，是在查出癌症之后。他笑眯眯地对我说：我麻痹大意了，被癌症搞了个突然袭击。●

09:57:30

也许，时间才是修正我们眼光的精密仪器？

10:00:00

10:00

多年以后

10:03:20

近日去一个老友家做客,在聊到数十次进藏采访时,老友忽然说起一个我们都熟悉的领导。他说那个人真好,厚道。我心下暗暗诧异,因为我对那人印象可不好,感觉是个没啥能力只会说套话的人。老友回忆,20世纪90年代,他们去西藏拍一部大型纪录片,路很烂很危险,保障他们的吉普车一路走一路坏,几次险出车祸。他抱着试试看的心情,打电话给那个领导,他和领导也就见过一面。不想领导听了后马上说,用我的车保障你们，你们的安全很重要。说罢立即下令，把自己的丰田越野派给了摄制组。老友说，他们当时惊喜不已，非常感动。

那我为什么对他印象不好呢？话说也是下部队采访，我在某个演习场地遇到他，一见面他就叫错我名字，把我叫成"袭山山"，而且当有人婉转提示是裘山山时，他居然很自负地摆手说，袭山山我还能不认识吗？我很尴尬，也不便当众纠正，心里却留下了他没文化的印象。后来我又听人说，他的儿子本来不咋样，靠着他的提拔升迁很快。这下对他的坏印象就坐实了。

可是面对老友的感慨，我不好意思再吐槽了。作为一个经常去西藏采访的人，我知道那路有多险，更知道一辆好车有多重要。他能立即把自己的车给摄制组,说明他的确是个厚道人。他原本可以打个官腔,让其他人去处理的。而且老友还说,其他下属也反映说,他是个经常帮下面解决困难的领导。

由此可见,人绝不是单一的好或单一的不好,只是由于我们不能即时获得完整的信息,便容易做出不公允的判断,甚至以偏概全。也许,时间才是修正我们眼光的精密仪器?这样的经验,我估计每个人都有:多年以后,发现某个人并不像自己想的那么坏,或者,并不像自己想的那么好。甚至,会因曾粗暴地对待过某个人,心生愧疚。

记得是我三十出头那年,当时孩子小,工作重,过得很辛苦。有个黄昏，我从幼儿园接回孩子，忙着做饭。正要炒菜的时候来了一对中年夫妻。他们说是经朋友的朋友介绍来找我的，我只好关了火请他们进屋坐。原来，他们的儿子马上要从军校毕业了，他们想托我帮他们把儿子分到成都，不要去偏远的部队。我一口回绝，我说我没这个能力。这是实话，以我当时非黑即白的性格，很厌恶这样的事。我说既然考了军校，就应该有吃苦的思想准备，去部队锻炼一下没什么不好。我一边说一边开始烦躁，锅里是炒了一半的菜，地上是正在玩水的儿子，真恨不能他们马上离开。可他们就是不走，反反复复说着那几句话，儿子身体不好，受不了太艰苦的生活，请我帮帮忙。我看不松口他们是不会走的，只好说我去问问。他们两个马上眉开眼笑，立即从地上拿起旅行袋往外拿东西，仿佛交订金一般。我一下就火了，估计脸都涨红了，大声说不要这样。可是大妈把我按在沙发上，大叔往外拿东西，我完全没有办法。其实，就是两瓶白酒，七八个砀山梨。他们走后，一个梨从茶几上滚了下来，我满腔怒火上去就是一脚，把梨踢得粉碎，把儿子吓哭了。故事还没完。第二天我去服务社看了下酒的价钱，然后按他们留下的地址写了封信，义正词严地说，我不会帮这个忙的，也希望他们的儿子勇敢一点，不要让父母出面做这样的事。然后连同钱一起寄了出去。

　　过了这么多年，再想起这事，真的是心生愧疚。不是说我当时应该帮忙，而是我太不体恤他们了，态度那么生硬、饱含轻蔑。我至少应该安抚他们一下，多给他们一些笑容。他们很可能是下了很大决心才来的，从很远的郊区坐公交车赶过来，东问西问问到我的家，拎着那么重的东西，厚着老脸来求一个年轻人。可我却"义正词严"地拒绝了他们，我对二十多年前那个"义正词严"的自己，实在是太不喜欢了。

为什么要过这么多年，我才能明白？

若干年前的秋天，我应邀去一个小城采风。采风结束时，主人家让大家留下"墨宝"，我连忙闪开。作为一个毛笔字写得很臭的人，遇到这种场合，除了逃跑别无他法。可是，那位负责接待的先生，却三番五次来动员我，我一再说我不会写毛笔字，他就是不信。也许是我的钢笔字误导了他,我给他送书时写的那几笔,让他认为我的字不错。他说,你现在不愿写,那就回去写了寄给我。我以为是个台阶,连忙顺势而下,说好的好的。

哪知回到成都,他又是写信又是发短信,一再催问我写了没有。看来他不是客套,是真的想要。我看实在是躲不过了,就找出笔墨试着写了几个字,真不成样子。可他继续动员:我们就是想留个纪念,你随便写几个字吧,写什么都行。我便临时抱佛脚,练了三五天,然后找我们创作室的书法家要了两张好纸,并问清了应该怎样落款怎样盖章,总算勉强完成了任务,寄了出去。过了十天,他来短信问我,寄出了吗?我说寄出了呀,寄出好多天了。他说,怎么没收到呢?又过了一周,他告诉我还是没收到。我说，也许是寄丢了吧？他说，那太可惜了。好在，他没再让我写了。

过了好多年好多年，去年的某一天，我忽然想认真学写一下毛笔字，就找了个教学视频来看，一看才知道，我当初那个哪里是毛笔字，完全没有章法，就是在用毛笔写钢笔字。于是忽然明白：那年我寄去的"墨宝"肯定没丢，他肯定收到了，只是打开一看，出乎他的预料，根本拿不出手，为了维护我的面子，他只好说没收到。虽然我没去跟他确认，但心里已肯定无误了。

生活藏满了秘密，而答案，往往挂在我们去往未来的树上，你不走到那一天，就无法看到。

再说个长点儿的故事吧。

1983年夏天,一个17岁的女孩儿跑到我刚刚就职的教导队来找我,告诉我她考上大学了。她是我大学实习时教过的学生,教过四十天。1982年秋天,我到一所县中学实习,教高二。我当时24岁,说一口普通话,充满了20世纪80年代大学生的热情和浪漫。比如会利用晚自习时间,给全班学生朗读海伦·凯勒的《假如给我三天光明》,希望他们珍惜生命、珍惜青春;还比如晚自习时,发现教室外的晚霞非常美丽,就停止讲课,让所有同学走出去,站在长廊上看晚霞,直到晚霞消失,然后让他们就此写一篇作文。我还以自己的经历告诉他们,一定要努力考上大学,一定要走出家乡去看看外面的世界。我的这些做派很对高中生的胃口,学生们因此都喜欢我。特别有几个女生，总围着我转，一下课就寸步不离地跟着我。

这个考上大学的女孩儿，就是其中一个。

据她后来告诉我，当时我看她穿了一身很破旧的衣服，非常着急，问她，你就穿这个去上大学吗？她说她只有这身衣服，家里四个孩子，父母务农，生活很困难。我便把她带回家，从自己不多的衣服里找了几件给她，有牛仔裤，有衬衣，有T恤，好像还有件毛衣。因为她个子比我略矮，都能穿。

这件事我完全忘了，只记得她来看过我。二十多年后的某一天，她突然打电话找到了我，她在电话里激动得语无伦次：裘老师我好想你啊，我一直在找你。裘老师你知道吗，我上大学时你送我的那几件衣服我一直穿到毕业。后来我们家情况好些了，我就把你送的衣服洗干净包起来，放在柜子里。每次搬家我妈妈都要说，这是裘老师送你的衣服，不能丢。我们搬了五次家，这包旧衣服还在我们家柜子里。

接到这样的电话，对我来说不啻是领到了上天的奖赏。

而这个当年的小姑娘，如今的高中数学老师，仍在源源不断地奖赏我：她亲手剥花生米寄给我，亲手灌香肠做腊肉寄给我，亲手绣十字绣寄给我，无论我怎么劝说，都挡不住她做这些事。

最让我感动的是2013年元旦，当时我正经历着一生中最寒冷的日子：父亲罹患重症，母亲身体也不好。一个在医院，一个在家。由于每日来回奔波，天气寒冷，我也病倒了，发烧，头痛。晚上躺在母亲身边，一边安抚母亲，一边忍受着感冒带来的折磨，心情实在是阴冷到了极点。

忽然叮咚一声，我收到了一条短信："裘老师：偌大的地球上能和您相遇，真的不容易。感谢上天让我们相识于一九八二。您让一个从未奢望上大学的穷孩子有了上大学的梦，并最终实现了梦。从此她的家有了前所未有的改变，她的弟妹也努力学习，一家四个娃都上了大学，而他们的父母几乎是一字不识，这是一个奇迹。感谢您裘老师！元旦来临，祝您身体健康，家庭幸福。

您的学生罗花容。"

我的眼泪瞬间涌出。我知道她并不了解我当时的情况,她只是在表达她的感情。而这份感情之于我,在那一刻实在是太重要了,是寒冷的冬夜里最温暖的一束火光,让我的心重新热起来,亮起来。我忽然明白,原来三十年前二十多岁的我,给三十年后五十多岁的我,留下了一根火柴。

很多感情和心境,我们总要在多年以后才能体验。有的,或许已转化成生活的礼物,有的,则铸成一生的遗憾。

1月里的某一天,阳光明媚,气温却很低,有点儿北方冷冻的感觉。我参加完军区部队的转隶交接仪式,一个人穿过操场，走向办公大楼。四周很安静，我知道这安静里正孕育着风云激荡，中国军队将面临全新的格局，对这样的全新我们充满期待。但一个有61年历史的军区也将因此消失。而我，这个在军区里服役了整整四十年的老兵，也将面临转身离开。那种心情，真无法诉说。

我一个人走着，忽然想起了父亲。父亲是在1982年中国军队第七次大裁军中离开部队的：他所在的铁道兵被撤销了，他因此提前离休脱下了军装。那个时候，父亲曾无限感慨地对我说，我读的北洋大学没有了，我当了一辈子的铁道兵也没有了，今后我都没有老部队可回了。而我，只是随口安慰了他一句：提前退休不是更好吗，辛苦了一辈子，正好早点儿休息。

　　三十年后的今天，我忽然明白了当时父亲的心情。因为我此刻的境遇与父亲完全相同；而我此刻的年龄也与父亲当时的年龄，完全相同。虽然到了今天，我也没想出更熨帖的话来安慰父亲，我仍为自己当初的漫不经心感到内疚。

　　等我今天明白时，早已物是人非。对于已经去了另一个世界的父亲，我还能说什么呢？人生的很多遗憾，就是这样留下来的吧。这些日子我反复在想，我当时到底该怎样安慰父亲呢？老实说，将心比心，没有什么安慰能让他好受。也许，当父亲生发出那样的感慨时，我最应该做的，就是陪着他一起沉默。

因为多年以后我才明白,很多感情,难以言说。

也许人生就是一个不断失落和释然的过程。那些失落和伤怀让我们更能理解他人,而那些释然和感动,则让我们活得更加开阔。

只要醒来，你就可以回家。

11:00:00

11:00

我是西湖少年客

11:03:45

我是在西湖边出生的,可还来不及看到西湖,就离开了。

20世纪50年代末,我出生在西湖边一家产院。三个月后,因某种原因,被送到了嵊州崇仁镇的祖奶奶家,一住三年。再因某种原因,又在五岁时,跟着父母去了与西湖相隔千里的河北石家庄。

其实这几个"某"字,都是可以说清楚的,只是说清楚要费很多笔墨,且它们都与西湖无太大关系,就免了。

  我的童年是在石家庄度过的，那是个与杭州完全不一样的北方城市，我在辽阔的华北平原上疯耍，从来不觉得自己是个西湖边的孩子。但"西湖"两个字，却时常在耳边响起，我的耳朵很熟悉它。

  春天杨树飘絮的时候，母亲会念叨说："这会儿西湖边的桃花应该开了，柳树也该绿了。"夏天知了叫声响彻天地时，父亲会念那首古诗："毕竟西湖六月中，风光不与四时同。接天莲叶无穷碧，映日荷花别样红。"我最早背会的古诗是这首诗，而不是"锄禾日当午"或"床前明月光"。父亲还告诉我，你的名字就写在西湖边上，平湖秋月有副对联，上联是"穿牖而来，夏日清风冬日日",下联是"卷帘相见,前山明月后山山"。我闻之满心欢喜。后来,我一度把"前山明月"当作我的网名。

耳朵之外,眼睛也常常看到西湖。家里的床单上,有三潭印月的图案,热水瓶上,有钱塘江和六和塔,妈妈有一把断桥残雪的绢扇,我从杭州带来的小手绢上,也印着白堤的荷花。杭州的姨妈时不时会寄一盒西湖藕粉来,包装上总是西湖美景。

就这样,"西湖"以思念的方式,以亲情的方式,以诗歌的方式,甚至以商标的方式,环绕着我,让我无法遗忘。

待我真正见到西湖,已是9岁。对那次相见,我仅有一点模糊的记忆。母亲带我和姐姐回到杭州,在姨妈家小住,数日后又带着我们姐妹加上表弟,重返石家庄。小住期间,我们应该是去过西湖的,因为母亲是那么喜欢西湖。我的名字,就是她在西湖边得到的灵感。

母亲说,我从乡下回到她身边的一天,她路过西湖,突然被湖边"中山公园"的门匾吸引住了。那四个字(沙孟海书)是如此漂亮,让她挪不动步子。尤其是"山"字,遒劲有力,又秀挺。母亲站立良久,突然心生一念,就用这个"山"字作小女的名字吧。

此前我叫小禾。因出生时母亲被打成"右派",全家跌入深渊。远在千里之外修铁路的父亲,不由得想起那句著名的诗:"赤日炎炎似火烧,野田禾稻半枯焦。"

便用"小禾"给我作了名字,暗喻我是母亲焦土上的一株禾苗。可母亲一直觉得这名字蕴含了太多的悲伤,终于在西湖边,将其改掉。

从此我就叫了山山。就我的经历看,名字是会影响人生的。此后经年,我不知去过多少山脉,仿佛与山特别有缘,尤其是青藏高原、云贵高原,那些数不清的山脉。而我这个人,也渐渐变得像山一样结实,不再是弱不禁风的小禾了。不过,比之雄伟的昆仑山、冈底斯山,比之名扬天下的峨眉山、华山、黄山、庐山,我最心仪的,还是环绕着西湖的那些秀美的小山。仿佛它们与我,才是血脉相连的,我是它们中的一座。

待我看清楚西湖时,已经17岁了。高中毕业,我随母亲一起回到杭州,不是从石家庄回,而是从重庆回。那时我们一家已在重庆居住数年了。我成了真正的游子,在异乡度过的岁月已远远超过了杭州,对北运河以及嘉陵江的熟悉,已远远超过了西湖。我操着一口带河北口音的普通话,还时常夹杂几句重庆俗语,就是没有半点杭州口音。

当17岁的我站在湖边与西湖面对面时,西湖于我是陌生的,我于西湖也是陌生的。我们彼此打量,彼此好奇。我在心里默默地和它打了个招呼:嘿,你好!西湖静静地翻涌着波涛,算是回应。

我跟着妈妈在苏堤上走,怯生生地靠近故乡。遇一小店,飘来浓浓的桂花香。妈妈说是藕粉,西湖藕粉,给我买了一碗，我站在路边把它吃掉。藕粉半透明，上面撒着金黄细碎的桂花。妈妈说，这是杭州才有的，藕是西湖的藕，桂花是西湖的桂花，可是地地道道的杭州特产呢。

　　妈妈的语气里，伤感多过高兴。她顶着"右派"的帽子，被迫离开杭州二十年。她因此学会了做北方面食，学会了做四川榨菜，但是一回到杭州，她的整个身心，连同语言，都成了地道的杭州人。妈妈用杭州话和售货员大声交谈，爽朗地笑。之后，妈妈和我的户口重新迁回了杭州，妈妈很是激动，爸爸也非常高兴，只有我，什么感觉也没有。也许从小漂泊，让我已没有了家乡的概念。

果然一年后,我当兵入伍,再次离开了杭州。

待我真正喜欢上西湖,已经 22 岁,读大学了。暑假里,我们班一个跟我要好的女生来杭州,我们一起去西湖玩儿。那是 20 世纪 80 年代初,国门刚刚打开,西湖边已经有很多外国游客了,白色的皮肤黑色的皮肤,高鼻梁大眼睛。这让我又稀奇又骄傲:原来有那么多人,不远千里来看我家乡的湖。

我们去划船,因为不得法,把船划到湖中间怎么也划不回来了。于是在烈日的曝晒下,在湖水的蒸腾中,我们在湖中间待了整整两小时。等最终回到岸边时,四肢裸露的皮肤都被灼伤。那算是我和西湖最深入的一次接触了,我一点儿不难过,仿佛听见西湖在说,姑娘,不要总是来去匆匆,在我的怀抱里多停留一会儿吧。

后来每次暑假,我都会去看西湖,还特别喜欢在湖滨路走。记得那里有一家店,店里有漂亮的真丝围巾,真丝内衣,还有精致的檀香扇,结实的西湖雨伞。每次我都在里面流连忘返,总要买上一样东西才会离开。那时候我意识到,我的故乡,是精美的故乡。

20世纪80年代,父亲终于离休回到了杭州。尽管他在《自述》中流露出些许伤感:"跨深谷,穿大漠,凿山隅。忽焉卅载,垂老应召授生徒。蓦地鸣金鼓起,一夜弦歌声咽,卸甲返西湖。"但一辈子在外漂泊,回到故乡还是让他无限欢喜。我记得我们坐火车回杭州时,一进入浙江,他就痴迷地看着窗外的田野和大大小小的湖泊，看着划在水上采菱角的小船，用浓浓的嵊州话说，还是家乡最好啊。

彼时母亲已被"平反"回到报社，继续上班。她便给父亲办了一张月票，说你那么喜欢西湖，可以每天去了。父亲就每天乘公交车出门，去苏堤，去孤山，去岳坟，去玉泉，去虎跑，去城隍山，去六公园，去满觉陇，去六和塔，去九溪十八涧……跑完一遍又跑第二遍，每次都还带着一本《西湖诗词选》。

他是一个走南闯北的人，一个成天在山里打隧道，在河上架桥梁的人，什么样的崇山峻岭、大江大河没见过？但他却看不够家乡的山和水。他这个学土木工程的人，一生钟爱古典诗词，每每游历西湖，就会写下

赞美的诗句。比如:"素影轻摇水底无,清香浮动断桥前。身披绿氅亭亭立,半似诗人半似仙。"(《西湖断桥咏荷》)

有一次,父亲写信给我时,附了一首他写的吟咏西湖的诗,让我提意见,我就毫不客气地提了意见,然后模仿他回了一首:

我是西湖少年客,春来异乡梦西湖。
迟迟不见西湖面,只怨梦中没有路。

这打油诗,我写过就忘了。好在是写在给父亲的信里,得以保留。可以看出,我虽说自己梦西湖,却并不是真的思念西湖。语气是玩笑式的，调侃式的。而父亲对西湖的爱，却是骨子里的。

最终，他也是在西湖边离开人世的。

四年前，父亲罹患重病，住进了西湖边的一家医院。我每次去看父亲，都要从湖边走过，都要穿过那条我非常喜欢的灵隐路。路边野草葳蕤，树木高大，隔开了整个城市的喧嚣。西湖的水和西湖的树，在那些悲伤的日子里，不知给了我多少安慰。后来我常想，父亲躺在病床上，知道西湖就在身边，心里会不会好过一些？

我是西湖少年客。虽然一次次离开，终是一次次回去。在一次又一次的回去中，我见到了雨西湖、夜西湖、雪西湖，更多的是晴西湖。无论是怎样的西湖，都让我感到亲切、温暖，心底盈着由衷的欢喜。在数不清的相见中，我终于找到了故乡的感觉。

可当我这样说的时候，心下是忐忑的。对于我居住了近四十年的成都，心怀歉疚，对养育了我四十年的四川人民，心怀歉疚。

我就这样被撕扯着，一生无法安宁。

我和父亲都是一辈子身着戎装远离故乡的人。父亲已经回到了故乡，西湖成为他人生的终点。而我，还将继续漂泊。如果说成都也是我的故乡，那么我就是客居在故乡了。忽然想起，当年我将随手写的那首"我是西湖少年客"寄给父亲时，父亲回复说，梦中没有路，醒来有啊。只要醒来，你就可以回家。

是的。我可以回家。只是，乡音全无，鬓毛也衰了。如果真有儿童"笑问客从何处来"，我可以回答说，客从西湖来。●

11:56:15

仿佛我到惠州，就是为了拜谒你们，记住你们。

12:00:00

12:00

今天的我拜谒从前的你

12:03:00

到惠州，第一个让我吃惊的是，惠州竟那么大。导游说它有九个香港那么大，六个深圳那么大，一个半广州那么大。我忍不住咋舌，暗暗笑话自己的孤陋寡闻。

　　惠州不只是大，还那么美，美到我拍照拍到停不下来。它依山傍海，四季如春，树木花草繁多，随处可见的奇花异草，连我这个热爱植物的人，也叫不出它们的名字来。

　　但惠州最打动我的，还是人。短短几日，我便在惠州拜谒了几位流芳百世的人物：苏东坡，王朝云，叶挺，李秀文，邓承修，邓仲元……

你们让我仰慕，让我敬佩，你们诠释了人杰地灵这个词。你们的杰出，非同凡响，让惠州这片土地光耀九州。

仿佛我到惠州，就是为了拜谒你们，记住你们。

一

我最先想说的是你，王朝云。

王朝云，遇见你于我是个意外，我们本是去拜谒大名鼎鼎的苏东坡的，我们是去参加苏东坡文化节的。说起来，苏东坡和我也算有丝丝缕缕的联系。他出生在我的第二故乡四川，就是那个距成都只有几十公里的眉山。这让我时常猜想，他写诗诵读时，用的是眉山话吧？他还两度去我的故乡杭州任职，用我妈的说法，在那里做"苏市长"。"苏市长"留下的不只是苏堤，也不只是东坡肉。当我在文化节晚会上，听到孩子们齐声朗读苏东坡诗词时，不由得慨叹，真了不起啊！时隔千年，这依然是晚会上最打动我的节目。就是那位我十分钦佩的隆莲大法师，对苏东坡也是无比钦佩。她是苏东坡的老乡，当我夸赞她才华横溢时，她笑眯眯地伸出小拇指说，和苏东坡比，我是这个。

也许但凡中国人，没有不知道苏东坡、不喜欢苏东坡的。

但知道苏东坡的，却不一定知道你。或者，几乎没人知道你。

你是跟着苏东坡来到惠州的，来的时候只是一位侍女。苏东坡在他精彩而又坎坷的一生中，有两年多是在惠州度过的。公元1094年，苏东坡因得罪朝廷被贬谪岭南，从我的故乡杭州来到惠州。那时的惠州尚属蛮荒之地，苏东坡自觉落魄，便遣散侍妾家丁等，不想连累。众人也正好借机离去。唯有你，你这个柔弱的江南女子，执意要跟他一起走，一起到惠州。

你不过是个侍女。当然又不只是侍女。十二岁进苏家门，因多才多艺，聪明伶俐，一直陪伴在苏东坡身边。到惠州后，你便像个妻子一样照顾他、体贴他。有了你，苏东坡在惠州的日子才有了暖意和诗意。苏东坡在惠州的两年七个月里，作诗五百多首，我认为若没有你在身边，是不可能的。

不过，你并不是个低眉顺眼、逆来顺受的侍女，据说，苏东坡曾开玩笑说要拿你换一匹朋友的骏马。你听了，当即用头撞树。你性情之刚烈，让今天的我闻之心头战栗。

但仅仅两年你就病故了，永远留在了惠州，年仅三十四岁。我猜想是生活太艰辛，你又太操劳。苏东坡十分悲痛，亲自为你撰写墓志铭，并写下了《西江月·梅花》《雨中花慢》和《悼朝云》等诗词，寄托对你的深情和哀思。但是，直到去世，他都没有给你一个名分，就是说，他没有纳你为妾。虽然现在很多介绍，都把你说成是他的侍妾，但只是侍，而非妾。不知是嫌弃你出身卑微，还是其他什么缘故？这很是让我不解，也不满。

庆幸的是，惠州人民没有忘记你，他们给了你名分，给了你应有的地位。他们称你为奇女子，夸赞你的勇敢和重情义。即使你去世后归葬钱塘，他们也为你修建了衣冠冢，让你永远留在惠州，成为千古传奇。也让我等在千年之后，能够拜谒你，在你的墓前表达由衷的敬意。

能够流芳百世的，一定不是名分，是人心。

二

走进叶挺将军的故居，我遇见了你，李秀文。

一眼看到你时，我即停住了脚步，心里"呀"地叫了一声：这个女人是谁？怎么这么美！这么大气！含笑迷人的双眸穿越百年注视着我，依然动人心魄。

原来，你是赫赫有名的叶挺将军的妻子——李秀文。

叶挺的英勇，叶挺的功绩，几乎是人尽皆知的。他是中国人民解放军的创始者，是新四军的重要领导人，是军事家、政治家。

但鲜有人知道你。

你十八岁嫁给叶挺，风华正茂，家境优渥，但嫁给他，却不是为了做官太太，而是为了成为他的革命伴侣。

那是1925年,叶挺时任国民革命军独立团团长。正是时局动荡、战事频繁之际,你们的婚礼非常俭朴,以至于在当时的官场引起小小的"地震"。婚后迎接你的,不是花前月下,而是狂风暴雨。作为妻子,你不仅为他生儿育女(你是九个孩子的母亲),更是和他一起共克时艰。

新四军初建时非常困难,缺少武器弹药,你竟从家里拿出父母的养老金,加上筹集到的钱,从广东、香港一带买了3600支手枪,亲自押送这批货物运往皖南,供给新四军抗日。

在皖南的三年抗日斗争中,你始终陪伴在叶挺身边。稍有空隙,你还练习写毛笔字,并教警卫员识字。上上下下的人都喜欢你。不幸"皖南事变"发生，新四军遭到重创，叶挺被抓。你擦干眼泪四处奔走，得知叶挺被关押在湖北恩施，你便携儿带女去恩施看他。此后叶挺一会儿被押到桂林，一会儿又被押到恩施，你不得不带着老老少少十几口人来回奔波逃难。曾经一个时期，你们一家老小竟住在一个破庙里，每日只靠野菜和向老乡买些红薯过活。后来好不容易与李济深接上了关系，才得以搬到广州。

　　无论经历怎样艰难的生活，怎样险恶恐怖的环境，无论叶挺在身边还是不在身边，你都毫无怨言，做他忠实的妻子。

　　1946年3月，叶挺在被关押五年后终于出狱了，你终于又和他在一起了,你们欣喜若狂,激动不已。但非常不幸的是,好日子仅仅过了一个月,1946 年 4 月,你们就在飞往延安的途中遭遇飞机失事,遇难了。你和叶挺,还有你们的一儿一女,共赴黄泉。

你和叶挺做了 21 年的夫妻,几乎没有一天是安宁舒适的,危险和动荡是家常便饭,21 年的婚姻生活,你们经历了从北伐到抗战胜利一个又一个的历史事件。你虽然也分享了他的荣耀,但更多的是分担了他的苦难。

让我惊讶的是,在经历了种种艰难困苦后,你依然那样美丽。或者说,更加美丽,美到超凡脱俗,犹如凤凰涅槃。

虽然你永远站在叶挺的身后,我却想牢牢记住你。为你鞠躬。

三

我走进了你的故居——壶园，拜谒你。

邓承修先生，我必须坦白，在来之前我不知道你。你名承修，字铁香，我不知这"字"是父亲给你的，还是你自己取的？真真是名副其实啊。面对你这样一位"铁汉"，我猜今天的无数人都会感到汗颜，不仅仅因为不知道你，更因为你的刚直不阿。

你是清同光年间的一名官员，你的履历不复杂，历任刑部郎中，浙江道、河南道、云南道监察御史，鸿胪寺卿，总理各国事务衙门大臣。你的事迹也很简单，任御史时大胆进谏，弹劾权贵，痛陈利弊，人称"铁笔御史"。中法会勘中越边界中，作为中方勘界大臣，你忠于职守，有理有节，不惧威胁，勇于维护国家利益。

但我知道，在这简短的事迹里，有着你非凡的一生。

你仅是个举人，用今天的话说，学历不高，但你却一身正气，刚直不阿，不畏权贵，屡屡弹劾权贵大臣，被誉为"铁汉"。你和张之洞、张佩纶、陈宝琛等人，则被称为"清流谏官"，声动朝野。

最让我印象深刻的是，1885年，你受清廷派遣，赴镇南关(今友谊关)与法国使者会勘中越边界，面对法方咄咄逼人的无理要求，你那句"即断我头，亦不能从"的回答，真的是掷地有声，声如洪钟，传至今日依然振聋发聩。面对你的画像，我也忍不住伸出大拇指，赞！

维新派领袖康有为，对你也是钦佩之至，曾致信给你："仰闻先生风烈久矣，甚慕仰"。

你辞官回到惠州后，继续为百姓谋利益，见西湖被毁坏被侵占，面积大幅度缩小，便奏请朝廷疏浚，并严禁开垦，清理占筑湖田，让西湖重现旧日风光。西湖边至今还立着那块后人为你树的"邓鸿胪濬湖纪念碑"。

我们在壶园里徜徉，嗅着流芳百世的"铁香"。庭院里那棵百年老树，据说是你亲手栽下的，如今树下生满青苔，树上枝繁叶茂，散发着顽强的生命力，犹如你的精神。

四

你，也姓邓，邓仲元先生。

这并不是巧合，而是因为你与邓承修为同门，都是惠阳淡水邓氏家族的后裔。淡水邓氏在当地赫赫有名，你们两个的故居也相邻。

你7岁随父母来到惠州，从小便知道家族中有一位"铁笔御史"邓承修，他的"铁汉"精神自幼便熏陶着你。

于是年轻的你，投笔从戎，参加了革命，你是同盟会元老，被誉为民初名将。在辛亥革命中，你英勇善战，身先士卒，率众数次击溃敌军，夺回惠州，在军中威望大增。

你的军事才干和勇敢，深得广东都督胡汉民的看重，他甚至想招你为婿，却被你婉拒，因为你不想攀附权贵。

惠州之战后，二十六岁的你，成了陆军中将。后来你追随孙中山，加入了中华革命党，成为孙中山的得力助手。

你的别名叫邓铿，就像你的前辈叫铁香一样，一身硬骨头，当当作响。廉洁律己，从严治军，一丝不苟，疾恶如仇。拜谒你，还有你的前辈邓承修，我才知道包公是有传人的。

你执掌粤军第一师时，决意要将第一师建成一支高素质的军队，你做到了。粤军第一师走出了李济深、邓演达、陈诚、叶挺等数十名名将。

但你也因此遭人嫉恨，要从严必要得罪违法乱纪之人。你在处理这些人时毫不手软，重罚严处，哪怕这个人与你沾亲带故。你由此得罪了不少人，埋下了祸根。

1922年，你在广州火车站下车时，突遭暗杀，两颗子弹击中了你，结束了你的生命。你临终前感叹道："天下不能容好人。"

但天下是期盼有好人的。即使懦弱的不敢做好人的人，也盼望着天下有更多的像你这样的好人。因此在你遇刺身亡后，你获得了无数的哀荣。被追认为上将，被追认为烈士。国民政府甚至还通过了一个《纪念邓仲元办法》，确定每年3月23日为"先烈邓仲元先生殉国纪念日"，还发行了纪念你的邮票，塑了你的铜像，建造了以你的名字命名的战舰"仲元号"。在广州、惠州、梅州等地，还先后建立以你的名字命名的学校、医院、图书馆、亭园、街道等等。中华人民共和国成立后，中央人民政府亦追认你为革命烈士。你的故居、陵墓等，被当地政府列入文物保护单位，立碑保护，拨款修缮，并召开各种纪念会、座谈会，缅怀和学习你的英雄伟绩和革命精神。

不知你地下有知，会是什么心情？

我想告诉你的是，有一个细节让我刻骨铭心。即你在临终前，执意不肯说出刺客的名字，你一定是看到了。你不肯说出，是怕身后有更多的血腥残杀吗？是想以自己的性命结束仇恨吗？因为此，这一暗杀事件成了民国史上的一大谜团，始终悬而未解。而我，却由此看到了你的大气和英雄气概，更加敬重你。

我不知道邓姓在惠州是不是大姓，但因了你和邓承修的出现，邓姓在当地一定是响当当了。响彻千古。

今天的我，在惠州拜谒从前的你。你和你，还有你。虽然你们生在遥远的过去，却光芒不减，照耀至今，照亮了人世间无数颗平凡的心。

忽然想起纪伯伦那句话：生命的意义，就在于人与人的互相照亮。当闪闪发光的时刻到来时，我们对它的最高礼遇，就是铭记于心。

那就让我们铭记于心。●

在中国，状元虽少，也有五百余位。而文天祥，只有一个。

13:00:00

13:00
在吉安遇见文天祥

13:03:45

在我们这个古老的诗歌国度，很多地名一直在诗歌里熠熠生辉。比如"故人西辞黄鹤楼，烟花三月下扬州""羌笛何须怨杨柳，春风不度玉门关""峨眉山月半轮秋，影入平羌江水流"，俯拾皆是。还有很多人名，是乘着诗歌的翅膀代代相传的。且不说"李杜"，你一读到"慈母手中线，游子身上衣"就会想到孟郊，一读到"两情若是久长时，又岂在朝朝暮暮"就会想到秦观，一读到"少小离乡老大回，乡音无改鬓毛衰"就会想到贺知章，等等。这样的诗句，几乎成了诗人的 Logo。

如此，一说到吉安，我脑子里就冒出了那句豪情万丈的"十万工农下吉安"，一说到文天祥，我脑子里则冒出了那句大义凛然的"留取丹心照汗青"。前者是革命根据地，后者是英雄，他们的名字都和诗一起，在我脑海里打下了深深的烙印。

可是，真的来到吉安，真的在吉安遇见了文天祥，我才发现，我从诗歌中得来的认知，还是太单一了。行走数日，在吉安这片神奇的土地上，我对它的认知被一次次刷新，而这样的刷新，是让人愉悦、让人振奋的。

先说吉安。毛泽东的那首《减字木兰花·广昌路上》，可谓气势磅礴，"漫天皆白，雪里行军情更迫"，句句都透出革命根据地艰苦卓绝的斗争形势。我们都知道，当年毛泽东和朱德，就是由此地登上井冈山的。在如火如荼的革命斗争中，英雄辈出。可是真的来到吉安，我才意外得知：吉安不仅是革命根据地，它还是个"科举强府"，不仅出英雄，还出读书人。

在吉水进士文化园，我吃惊地（也是孤陋寡闻地）发现，吉安在历史上曾以三千进士享誉天下。三千进士之上，还有十七个状元！数量之多，超过了很多省的总人数，难怪被称为"状元之乡"。能成为状元之乡，得益于吉安对办学的重视，在官府办学之外，有乡绅办学、商人办学、都坊办学。曾经的吉安，书院林立。白鹭洲书院、明德书院、兴仁书院、双江书院、联奎书院、元培书院……数不胜数，有时候一个村子会有好几个书院。我在惊讶之余，充满了敬佩。

而吉安的十七位状元里，就有文天祥。

又一个大大的意外击中了我，原来文天祥不只是英雄，还是个"学霸"。以前读书时，也学过文天祥的事迹，其中应该有其考取状元的记载，可我只记住了他宁死不降的壮举，只记住了《过零丁洋》诗中的"人生自古谁无死，留取丹心照汗青"。也许是因为他作为英雄的光环太亮了，而淹没了其他。

在吉安，我们循着文天祥的足迹走。离开吉水来到青原，青原是文天祥的出生地，文家老宅虽已不复存在，但门前的大樟树依然郁郁葱葱；我们又从青原来到白鹭洲书院，这里曾是少年文天祥求学的地方，至今依然在办学；我们又从白鹭洲书院来到吉州窑，这里曾是文天祥率义军抗元的地方，曾有三千窑工追随他加入战斗。

在吉安，处处能遇见文天祥，时时能听到他的故事，人人都为他感到骄傲。我在心里不断发出惊叹：原来文天祥的祖籍是成都，是四川人；原来文天祥是在杭州考取状元的，也是在杭州起兵勤王的；原来文天祥是个帅哥，相貌堂堂，身材魁梧；原来文天祥是个孝子，考取状元后，因父亲去世，放弃仕途回家守孝三年；原来文天祥是个慈父，育有两个儿子四个女儿。遗憾的是由于战乱，两个儿子皆在少年时夭折；原来文天祥因刚直不阿，曾三遭贬黜，但初心不改；原来文天祥是在广东海丰被捕，在北京菜市口就义的，年仅47岁……

无数个"原来如此"，在我心里勾勒出一个完整的、鲜活的、伟岸的文天祥。

文天祥自幼聪慧好学，且志向高远。在饱读诗书的老父亲的熏陶下，他考取功名的道路一直很顺。县试，府试，院试，乡试，会试，一路考上来，没被拦住过。21岁那年（1256年），在父亲的带领下，他和弟弟文璧远赴杭州，去当时的南宋首都杭州（古临安）参加殿试。考试那天他不巧生病了，发高烧，但依然发挥出色。以"法天不息"为主题，没打草稿，就洋洋洒洒写了一万多字，有理有据，切中时弊，还建议皇帝严肃纲纪，整饬吏治，听取公论，奖励直言。

即使放到今天看，文天祥的那份试卷《御试策》，也是一篇极为优秀的论文，有思想，有文采，有激情，还有胆魄。当时的皇帝宋理宗阅卷后大为赞叹。在得知考生名叫文天祥时，高兴地说："天祥者，宋之瑞也！"然后拿起朱笔在卷子上写了"第一甲第一名"六个字。

真是响当当的状元。我在博物馆看到一幅图，图上的文天祥披红挂彩，头插金花，打马游街，临安城万人空巷，人们争睹这位庐陵才子。这样的画面让我感到陌生，也让我心生欢喜。

文天祥虽满腹经纶，却不迂腐。虽英勇善战，却不粗鄙。他在一辈子率兵打仗出生入死的同时，竟留下了一千余首诗词，可以毫无愧色地站在诗人的行列。除了我们耳熟能详的《过零丁洋》和《正气歌》之外,他还有许多其他诗词作品。

浏览他的诗作,会发现他的诗风在不断变化。早期,他还没有经历过太多沧桑,即使被罢免回家,他也登高望远,下棋垂钓,故写了很多闲适诗:"两两渔舟摇下,双双紫燕飞回。流水白云芳草,清风明月苍苔。""去年尚忆桃红处,好景重逢橘绿时。"当然,也偶有抑郁不平之作:"桑弧未了男子事,何能局促甘囚山。"

后来受尽磨难,九死一生,他的诗风大为改变。尤其是元军入侵之后,他虽满腔热血,却也无力回天。当兵临城下,朝廷内投降求和派占了主流,强行解散了他的抗元义军时,他拿着解散令放声大哭,挥笔写下五绝:"只把初心看,休将近事论。誓为天出力,疑有鬼迷魂。明月夜推枕,春风昼闭门。故人万山外,俯仰向谁言。"之后,他与朝廷众官皆陷入敌营,被拘北上,他写下了"男子铁心无地着,故人血泪向天流"这样悲愤交集的诗句。再之后,他重新率兵抗元,征战途中写下了"但令身未死,随力报乾坤",以及"臣心一片磁针石,不指南方不肯休"这样忠心耿耿的诗句。当再次身陷囹圄,有朋友不顾安危来看他时,他写下了"白骨丛中过一春,东将入海避风尘。姓名变尽形容改,犹有天涯相识人"这样百感交集的诗作。"白骨丛中过一春"七字,足以呈现出他所经历的生死磨难。可以说,他后期的每首诗都渗透着从心底流出的血。

想当年他考取状元时，宋理宗曾大笑说："天祥者，宋之瑞也！"虽然文天祥终其一生拯救大宋，依然没能阻止宋的灭亡，我仍想说，他依然是"宋之瑞也"，而且是我们整个中华民族的祥瑞。他为官清廉刚正，一次次被贬黜，数度沉浮。可是一旦国家遭难，他依然不顾一切地站出来，散尽家财，招募士卒勤王。第一次被捕后，他历尽艰辛逃脱，仍没有躲回老家保命，而是再次聚兵抗元，征战在江西、福建、广东数地，直至再次被捕。

文天祥再次被捕后，深知已无力回天，便以绝食明志。元军知道他是个声名赫赫的统领，不让他死，软硬兼施想让他投降归顺，就用竹片撬开他的嘴，用竹筒强行灌食，以至于每顿饭都吃得鲜血淋漓。为了让他下跪，元兵曾打断他的膝盖，他依然凛然不屈。他在狱中写下了浩气长存的《正气歌》："当其贯日月，生死何足论。""顾此耿耿在，仰视浮云白。"当他被元军囚禁在船上漂过零丁洋时，他便写下了那首著名的《过零丁洋》：

辛苦遭逢起一经，干戈寥落四周星。
山河破碎风飘絮，身世浮沉雨打萍。
惶恐滩头说惶恐，零丁洋里叹零丁。
人生自古谁无死，留取丹心照汗青。

元军统领忽必烈对这位宁死不屈的大臣，也是心怀敬佩，不忍杀，曾召见他说，你若回心转意，效忠于我，我就把中书省宰相的位置给你。文天祥断然拒绝，简洁明确地回复说：愿赐我一死就满足了。行刑前，文天祥朝南跪拜，凛然慨叹：大宋遗臣文天祥，报答国家到此为止。

　　他死后，狱卒在他的衣带上发现了遗书："吾位居将相，不能救社稷，正天下，军败国辱，为囚虏，其当死久矣。顷被执以来，欲引决而无间，今天与之机，谨南向百拜以死。其赞曰：孔曰成仁，孟曰取义，惟其义尽，所以仁至。读圣贤书，所学何事？而今而后，庶几无愧！宋丞相文天祥绝笔。"

这简洁而鲜明的遗书,让我们看到了一个学养深厚的文天祥,一个激情满怀的文天祥,一个铁骨铮铮的文天祥。

所以,当我在吉安遇见一个作为状元的文天祥,一个作为诗人的文天祥,一个作为清官的文天祥,一个作为普通人的文天祥时,最让我感动不已的,还是那个作为英雄的文天祥。在中国,状元虽少,也有五百余位。而文天祥,只有一个。●

13:56:15

一滴水带来了涓涓细流，涓涓细流又将汇成大江大河。

14:00
一滴水落入青山村

14:02:09

听到黄湖镇青山村这个地名,我脑海里马上出现了一幅画,有山有水有色彩,便满心期待起来。不过,期待的同时,又有些隐隐的担忧。这些年也跑过不少山村,许多中国山村,远观很养眼,青山绿水环绕,田野农舍古朴,可是一旦走近,会发现很多无法入眼的地方,比如四处流淌的污水,比如随意倾倒的垃圾。至于那些环绕村庄的河流,要么枯了,要么垃圾漂浮。我曾多次听人感叹:我老家的河小时候是可以游泳的,可以捉鱼捉虾的，现在却散发出阵阵臭味。于是我暗暗担心，青山村不会也如此吧？

从萧山机场到余杭，再到黄湖镇，再到青山村，天已经完全黑了，很想马上走进一个温暖的房间。可车子入村后仍一直蜿蜒向前，十几分钟都没抵达我们将要下榻的民宿。青山村竟如此大，我在心里惊叹。夜幕中，路两旁的房屋默立着，有整齐干净的石头墙，结实的木门，还有墙上、门边种植的花木。路面很清爽，没有泥泞和垃圾。

不知为何，我想起了在日本见到的民居。心想，这青山村看来的确与众不同。

青山村与众不同的感觉,第二天就更强烈了。

我们来到青山村龙坞水库,听主人讲解这水库的前世今生。龙坞水库被四周的青山环绕着,很宁静。远观,可以看到水面上还浮着几只水鸟,悠闲自在;近看,水面明亮如镜,看不到一点垃圾。空气中弥漫着江南冬日特有的湿冷,但十分清新。

我问,有没有早年龙坞水库的照片?

我是想对比一下,从前这里是不是脏乱差。

但回答是:从外表看,水库和原先差别并不大,变化的是水质。目前它的水质已达到一类。

我暗暗咋舌。千岛湖的水,那可是生产农夫山泉的水。可见龙坞水库的水质多么好。

曾经，这里的水是被污染的水，几项指标均为二类、三类。而水质的改变，比清理垃圾要难得多。这巨大的变化，是怎么发生的？

也许一切要从五年前说起。

2015年，一滴水落入青山村。

这滴水来自江海，他的名字叫张海江。

张海江，便是那位站在龙坞水库边给我们做介绍，并回答我们问题的青年。2015年，他作为大自然保护协会（TNC）的公益人，来到青山村，开始了他的水之旅。

这位生于1988年的青年学者，从海外留学归来，高个子，肤色微黑，散发着由内而外的健康气息。不知为何，看到他，我马上想起了去年在广东惠州见到的另一位青年，叫胡伟和，他和妻子一起从日本留学归来后，在惠州乡下创办了"田园邦"，以田野为课堂，为城里的孩子们提供一个学习大自然、建立环保意识的平台。

看到这样的青年，就是遇见了未来，美好的未来。

当我渐渐了解了张海江，看到他一路走过的足迹时，我发现他的路很符合他的名字，几乎是沿着水在走，每一步都被水吸引着。

童年的张海江，生活在干旱缺水的兰州，沙尘暴是这个城市的常客，那时候的水在他的眼里非常珍贵。他曾经跟着父母,利用周末,将黄河水徒步背到山上,去浇灌他们家认领的树苗。当时政府鼓励市民们在山上植树,以对抗沙尘和水土流失。这在他幼年的心里留下了深深的烙印:万物生长靠太阳,其实万物生长更离不开水。

高中毕业后,张海江考入中山大学。从西北走进南国,最让他惊喜不已的,就是南国那丰沛的雨水和郁郁葱葱的植被。他在水的滋润中度过了四年的大学生活。

原来,水可以这样充盈。

2012年,张海江远赴美国印第安纳大学求学。当他走进那个美国中部小城时,水再次刷新了他的认知:学校水龙头里淌出的自来水,是可以直接饮用的!

原来，水还可以这样纯净。

他感到震惊，由此对当地的环境保护产生了极大的兴趣。他为此驱车 20 英里，专程去了当地的水源地——门罗湖。

蓝天下，门罗湖的水清澈如孩童的眼睛，四周空气清新，大片的森林环绕着门罗湖。作为环境科学专业的学生，他知道这种优质的水源，必离不开保护良好的植被，正是这些生态平衡的森林，才能够涵养如此洁净的水源。

此后，张海江一次次远行，去到美国更多的水域做调研。从最北方的五大湖区，尼亚加拉瀑布，到佛罗里达的大沼泽；从优胜美地连绵的瀑布，到波士顿静静的查尔斯河。

沿着水走，让张海江对水的认识越来越深刻了。水，不仅仅是化学上的 H_2O，更是影响着人类生活方方面面的重要元素。水代表着生命和生机，是一切生命体系的能源。人们须臾离不开水，却很少意识到它的存在。只有当水缺乏的时候，只有当水影响到人们健康的时候，人们才会意识到它的重要。

随着学习的深入，张海江还了解到，美国在飞速发展时期，一度也发生过严重的环境污染，空气和水的污染，导致食品污染，人们的生存质量急速下降。从19世纪30年代开始，美国用了六七十年时间来治理和保护环境，终于使之得以彻底改善。

　　这让他想到了自己的祖国。中国在飞速发展，留给中国治理环境的时间，不可能有七十年那么久。中国需要思考的应该是在未来二十年内如何让环境变好，如何在保护好环境的前提下发展经济。

　　他暗暗下定决心，学成后，一定要为祖国的环保事业效力。

　　其实还在读书时，张海江就开始了环境保护的社会实践。他曾专门休学半年，去四川平武县老河沟自然保护区做志愿者，那里是大熊猫的保护基地，是中国第一个民间自然保护区。他用所学到的知识，致力于保护区科研标准化和保护区全面管理制度的建立。虽然生活艰苦，他却满心欢喜。那个时期的社会实践，不只让他意识到环保的重要，更让他惊喜地发现，他喜欢这样的工作，享受这样的工作。与大自然在一起，让他由衷地快乐。2016年，当他付出过汗水和心血的老河沟保护区获得了英国精英国际奖时，他备感自豪。

2015年，张海江从印第安纳大学毕业，怀揣着两个硕士学位（公共事务管理、环境科学）回到了祖国，他毫不犹豫地选择了大自然保护协会公益人，作为自己的职业。

他工作后的第一个项目，便是青山村龙坞水库。这个水库,是大自然保护协会和阿里基金会以及万向信托共同签订的中国乡村水源地保护的项目之一。

从美国回到中国,从北京来到杭州,再从杭州来到黄湖镇青山村,张海江丝毫没觉得自己是从大世界走进小角落。相反,他感到很开阔,很熨帖。他在朋友圈抒发自己的心情:

"我曾经像一只穷途末路的兔子,在废气里奔波,在钢筋水泥森林里穿梭,生活好像一堆焖烧的柴火。直到有一天我来到了一个地方,听见鸟鸣、看见森林,我知道这里就是我的归宿。"

张海江在这里开始了他的水之旅。

龙坞水库，是青山村和相邻的赐壁村约3000人的饮用水水源。水库从外表看似乎还不错，和他曾经探寻过的门罗湖有几分相似，也是青山环绕。但科学检测出的数据告诉他，这里不是门罗湖，这里的水质已被污染，其重要原因，是周遭的环境被污染。

就我所知，比之空气污染，土地的污染更为严重，同时又不易被察觉。在中国经济飞速发展的几十年里，在农民富起来的几十年里，为了粮食和经济作物的不断增产，大量使用化肥和农药，早已令土地不堪重负。水库周边的山林也是如此。山林的污染，又导致水库的污染，水质日渐下降。

　　水源的污染，直接影响人们的健康，一些地方还因此发生了怪病，让人触目惊心。人们有了钱，却付出了代价：难以饮用到干净的水了。这代价非常惨重。

　　张海江为现状感到痛心。但他也知道，正因为水质有问题，水源需要保护，这里才需要他。

　　工作伊始，张海江遇到的第一个困难是沟通。

　　青山村的村民们第一次看到有城里的大学生，还是海归，为了保护水源，无条件地到乡村来工作。他们无法理解，觉得不靠谱。会不会只是一时的新奇？会不会有其他目的？

张海江诚恳地向村民们解释，努力地宣传环境保护的重要性，可是，他听得懂西北话，也听得懂英语，却很难听懂江南软语。

这时候，老村主任向他伸出了援助之手。

老村主任王康云是一位退伍军人，见过世面，思想开明，当然也能讲普通话。之前他一直承担着村里的水电维修工作，很熟悉村民的情况，也很热心公益。当他得知张海江来此地的目的是保护水源后，非常支持，成为张海江最坚强的后盾。

张海江在老村主任的陪同下，走家串户，去调查村民在水源地的生产经营行为，以及生活方式。只有掌握了这一切，才能制订出保护计划，才能找到开始的切入点。老村主任不仅给他当翻译，还帮他收集数据，说服村民们一起加入环保项目。

张海江这滴水，终于开始融入这片土地。

如前所说，要有好的水源，必须要有好的生态环境。

浙江省总共有两万多个农村小型饮用水库。多年来，因为水源地周围逐渐开展农业生产，为了提升效率，除草剂代替了手工除草，化肥代替了自然肥，导致土地污染，进而影响到水源地。

四个月的调研，张海江渐渐找到了龙坞水库周遭环境被破坏的原因，大都与村民的生产生活方式有关。其中一点让我大感意外，竟然和冬笋有关。

以前我只知道杭州人很喜欢吃冬笋，不管多么昂贵，过年的餐桌上都少不了它，但我却不知它是怎么来的。原来，竹笋如果自然生长，应该在春天破土而出，只有很少量的会在冬天冒头。人们为了在冬天挖到更多的笋，便用大量的化肥去催生，让本来还在冬眠的笋，提前在冬日冒出来。这样非自然状态下的生产经营行为，对山林的污染是很严重的。而水库四周有1600亩毛竹林，污染是可想而知的。

　　找出了原因，便拟订出了对应的保护方案，即对龙坞水库的水源地森林，进行林权流转集中科学管理，以达到生态修复的目的。

所谓管理，即不再使用除草剂，对毛竹林进行人工除草和灌木清理；所谓修复，就是不再折腾它，让它顺其自然，休养生息，恢复原来的样子。大自然原本有自我恢复能力，一旦恢复到自然生态，就能为水源提供好的环境。

在阿里巴巴公益基金会和万向信托（二者都是大自然保护协会的长期战略合作企业）的支持下，成立了善水基金信托，以水基金运作的方式，确定了水库的保护方案。方案既要达到环保目的，又要保障村民的利益。

这是中国的第一个水基金，第一笔33万元由万向信托捐赠（此前的公益投入则由阿里巴巴捐赠）。通过水基金模式，可以达到三个目的：第一，集中管理山林后，停止农药和除草剂的使用，逐步恢复环境清洁，每个季度请省环境监测中心进行监测；第二，对水库下游的绿色产业进行整合，让资金回流，以便拥有稳定的资金，以持续做好水源保护，而不是依赖捐赠；第三，农户通过水基金得到补偿金，再参与社区其他工作，并开展生态农业、生态旅游等，在这个过程中更加理解环保的意义，逐步建立起环保型耕种概念。

  老村主任王康云带头加入水源保护项目，除了每月有八百元补偿金外，他家的8亩毛竹通过流转，年收入也有4000元左右，比原先自己经营时提高了10%。他还开起了农家乐，日子越过越红火。他深深感到，环保是一件利国利民又利己的事。

说到底，环境保护最重要的就是转变观念。

几年来，张海江一遍又一遍地向人们宣传：当我们轻松地拧开水龙头接到干净的自来水时，必须知道它的背后，是巨大的生态系统在维持着水的平衡和循环。自来水并不是自来的，它来之不易。如果每个人都能建立环保观念，养成一些最简单的习惯，如节约用水，不随意丢弃生活垃圾，减少食物浪费，减少一次性用品，那么，就可以大大减少水源的污染风险。

经过 3 年的努力，青山村龙坞水库的水质，终于恢复到了国家一类。从浙江省环境监测中心的大数据来看，是杭州市方圆 50 公里内最好的水源地之一。之后，龙坞水库约 2600 亩汇水区,便正式被余杭区林业水利局划定为饮用水水源保护区,从村级水源正式升级为法定保护区。

这让张海江非常激动。所有的辛苦,所有的付出,都值了。

但他并不满足。

从长远发展来看,环境保护事业,仅靠公益组织和政府去做,是远远不够的,仅靠志愿者参与,也是远远不够的,必须让这片土地上的所有人都加入其中,要让大家把环境保护当成自己的事。张海江由此提出了"众创共治"这个观点。

凭借青山村与杭州市非常近的优势,他们和阿里巴巴一起建立了阿里公众自然教育基地，推荐阿里的小伙伴到青山村来做志愿者，砍竹子、除草、农田改造、厨余堆肥、传统手工艺……这些都成了阿里小伙伴们的公益体验项目。几年来，他们已经完成了超过一百场的志愿者活动，有两千多人次加入。阿里的小伙伴的加入，又带来了其他企业的加入，张海江自豪地将这个方式称为"公益团建"。迄今为止，已经有三十多家企业将青山村定为其团建目的地，定期开展活动。

张海江的理想，是将青山村建成生态村。这个生态村并不是传统意义上的农耕村落，而是在现代化基础上建立起来的新型的生态村。为此，他和伙伴们开展了四大主题的创建：传统手工艺和文创，自然保护和教育，生态旅游、休闲度假，以及亲自然的体育赛事。四大主题兼容并包，相辅相成。2018年，由废旧礼堂改造而成的融设计图书馆惊艳亮相；2019年，由荒废的小学改造而成的青山自然学校正式开学。一些文旅企业也将发展方向投到了青山村。仅2019年，青山村的集体收入就多达66万，比上年增长了50%。

张海江在实践中体会到，要持续发展环保事业，必须启动商业模式，以环保养环保。目前他们已经有了五个板块：农产品，公益团建，自然教育，节庆活动，以及研学产品。这几年，水基金的费用都是通过这些商业产品获得的，已能够做到盈亏平衡了。

真是非常不易。

张海江告诉我，明年，水基金还会有一部分资金，来自用水居民的捐赠，即启动受益者付费机制。这真的是一大进步。我们每个人，都应该为自己的健康买单。

　　一滴水带来了涓涓细流，涓涓细流又将汇成大江大河。

　　今天的张海江，已经成为青山村的新村民。

　　其实，他早已是青山村的村民了，青山村的村民早就把他当成"我们村里的年轻人"了。

　　但是就在我们去的那天——2020年12月8日，他和50多位自愿来到青山村创业和生活的青年，其中包括十几位博士、硕士，还有一对德国夫妻，才正式举行了入村仪式。

我和作家们一起,见证了这场新鲜的、生动的、别开生面的入村仪式,老村民们准备了热气腾腾的糕点,新村民戴上徽章,人手一册《新村民手册》,手册里有村规民约、生活指南、人才政策等。他们还签下了承诺书,立志做"有格局、有情怀、有才能的未来村民"。

作为"娘家人",黄湖镇和青山村还为新村民提供了各种贴心服务,包括安家补贴、子女教育、公共食堂、青年公寓等。

青山村越来越有活力,越来越年轻了,因为年轻和活力而充满了诗意,这,就是我们希冀的未来乡村的样子吧。

张海江这滴水，已和这片土地融为一体了，滋润了土地，又被土地滋润。他在村里工作、生活、学习，他在村里劳动、跑步、摄影，他还在村里通过互联网，和世界各地的同道开会，随时了解环保新课题。他自在得就像是田野里的一株草，水库里的一条鱼，山林中的一只鸟，村庄上空的一朵云。

他太热爱这样的生活了，因为那正是他的梦想：

"我多么希望我能成为这生生不息的世界中的一分子，哪怕是张开翅膀飞向太阳的小甲虫，哪怕是岩石上的一块青苔，哪怕是静静结网的一只长脚蜘蛛。我多么希望我能不以人类的身份站在自然中，这样我就能听到

物种之间的对话和遥望四季更迭了。"(摘自张海江的朋友圈)

我猜想,张海江,他一定如愿以偿了。●

14:58:01

也许，他已经把自己烧制成了黑陶。

15:00:00

15:00
黑陶一样的眼睛

15:01:12

一

在见到伍映方之前,我对黑陶一无所知,对靖窑更是一无所知。这些年,我虽然跟着朋友学喝茶,也学着欣赏茶器,耳朵里灌进几个词,比如紫砂,比如龙泉,比如汝窑,比如柴烧,等等,但它们之于我,仅仅是词汇而已,我对它们从没深入了解过,更没有切身感受。

所以,当我来到靖安,走进伍氏靖窑时,人依然是懵懂的。这是我第一次听说靖窑,在入门处,看到"伍氏靖窑"四个大字,并不明白它意味着什么。即使跟着众人看了一圈儿作品下来,赞美归赞美,心里还是懵懂的,飘忽的,没留下太深的刻痕。

但是,当我们坐下来,和靖窑主人伍映方先生面对面时,我却猛然被打动了,被他的一双眼睛打动了,准确地说,是眼神。我发现在整个交流过程中,无论是别人说话,还是他自己说话,他的眼神都是凝聚的,沉静的,从不东张西望,或者扫来扫去。虽然面带微笑,一双眼却目不转睛地盯着某处,似乎那里有我们看不到、只有他能看到的东西。细细琢磨,那眼神里有深邃、坚韧、执着,有内敛、宁静、思索,有谦逊、感恩、平和,还有激情、梦想、灵动。

这样的眼神，该怎么形容呢？

也许只能用黑陶来形容。

二

我试着走进黑陶的历史，才知道它的历史是如此悠远漫长。

陶器几乎是与人类共生的，从目前的考古发现来看，至少已有两万年的历史了。而黑陶，出现得也相当早，大约在中国的新石器时代。词典上说：表里、胎质均呈黑色的陶器，称为黑陶。由于黑陶制作技术复杂，烧制难度大，已失传三千多年。最早出土发现的黑陶，是山东章丘区龙山镇的蛋壳陶，之后考古学家们不断发现，黑陶的遗存星罗棋布，从长江流域、黄河流域到辽河流域，几乎遍布中国的各个省份。

这其中就包括江西，江西的靖安，靖安的老虎墩。

2010年10月，靖安的老虎墩遗址，出土了一件令考古专家惊喜万分的文物——蛋壳黑陶觚。这一黑陶器物距今已有4500年，被国际考古界誉为"四千年前地球文明最精致之制作"。它胎质细腻，胎体极薄，表面还抹有一层薄薄的黑衣，胎体厚度仅1毫米左右。故以蛋壳喻之。可以说，这个黑陶觚代表了江西新石器晚期陶器制作的最高水平。它与山东龙山的蛋壳黑陶觚，同属于新石器时代之物，论起制作之精致，考古研究价值之高，二者也是相当的。

很快，靖安高湖老虎墩遗址，就被定为国家级文物保护单位，是江西境内继万年县仙人洞遗址后又一重要的史前文化遗址。

这一发现，不仅震惊了考古界，也震惊了伍映方。

当伍映方面对那一尊尊"薄如纸、硬如瓷、声如磬、亮如漆"的蛋壳黑陶觚时，不仅仅是震撼，还有激动，还有自豪，还有钦佩，还有羡慕。那么精良的制作，那么优美的线条，那么明亮的色泽，那么规整的造型，即使在具有先进设备和成熟制陶技艺的今天，也难以完全复制。他简直无法想象，几千年前的陶艺同行，几千年前的靖安人，是怎样靠一双手烧制出这样的陶器来的。

在震撼、敬佩之后，他的"野心"怦然萌动：我要解开这个谜团。我要向古人学习，也用靖安本地的原材料，也用纯手工制作，也用柴窑烧制，来恢复黑陶制作技艺，原封原样地复制出老虎墩蛋壳黑陶觚来。我要让黑陶的色泽之美、造型之美、装饰之美，在中国重放异彩。

用"雄心勃勃"这个成语形容那时的伍映方，是很合适的。这种"雄心"让他的双眼闪耀着激情和梦想的光芒。

三

我们都知道，但凡能在某个领域做出非凡成就的人，无一不源于热爱。热爱是最好的老师。而伍映方对陶器的热爱，是源于血液。这种爱对他来说，不只是老师，还是性命。

伍映方的父亲就是一位陶艺人，从事传统陶瓷制作长达 60 余年。再往前说，他父亲的父亲，他父亲的爷爷，都是陶瓷手艺人。他们伍家，算得上是陶艺世家了，大约从明朝起，就开始了制作陶瓷的生涯。

当然，伍映方受到的直接影响，来自父亲。

父亲伍先崇，湖南娄底新化人，13 岁学艺，心灵手巧，制陶的工序样样精通，先后在娄底、怀化等多家陶瓷厂担任技术骨干。后来成家，有了孩子。因工作太忙，他就把伍映方他们兄妹三个，交给乡下的母亲抚养。

伍映方 3 岁那年，乡下传闻要发生大地震，一时间人心惶惶，奶奶非常担心，连忙发电报给他们的父亲，让他赶紧把孙子接走，免得遭遇大灾断了后。父亲没办法，只好将7岁的老大和3岁的老小带到陶瓷厂。到厂里后，7岁的哥哥上学去了，3岁的他只能跟着父亲去上班。

他就这样开始了与陶艺的缘分。

在满是大人的世界里，伍映方丝毫不感到无聊，因为那里有好玩儿的泥巴，有灵动的火焰，那些泥巴和坯胎让他感到亲切，那窑里的火让他兴奋。他惊奇地发现，这里的泥巴和乡下的泥巴不一样，这里的泥巴遇见火时，就会变成漂亮的陶器瓷器。这让他非常着迷。他每天乐此不疲地捏泥巴，一双小手在与泥巴的亲密接触中，变得灵动巧妙。到六七岁时,他已经会陶罐拉坯了。

他还很喜欢看窑火。每次工人给窑点火的时候,都会举行仪式祭拜窑神,摆上一些好吃的。开始,他是为了那些好吃的跑去看,后来便迷上了窑里的火焰。他发现那火焰可以让泥巴发生奇迹。

他看到自己的父亲,可以通过肉眼来判断窑火的温度。是六百度,还是八百度,一说一个准,让他很是佩服。他跟在父亲屁股后面厮混了一段时间后,竟然也可以对窑火的温度说出个八九不离十了。工友们夸他是个最小的窑火师。

后来,到了读书年龄,他不得不离开泥巴的世界进入学堂,一路读书,读到高中,但他心里,一刻也没停止对陶器的念想，一有空他就会去父亲的厂里转悠。他是那么喜欢那些泥巴，热爱那些燃着烈焰的窑，热爱那些烧制出来的陶器。

就在他读高二时，家里发生了一件大事：江西靖安县香田乡政府为了改进并提高本乡的陶瓷厂工艺技术，将他的父亲伍先崇，作为技术人才，引进到香田陶瓷厂。我必须说，这个乡政府很有远见和魄力。一年后，香田陶瓷厂的产品质量显著提升，政府便提出让他们全家迁到靖安。

当时靖安虽然有悠久的陶艺史，却一直没出现有影响的窑口，政府很希望通过这一举措改变现状。父亲同意了，他带着自己过硬的技术和全家老小，从湖南迁徙到了江西靖安。

四

一到靖安,伍映方就正式向父亲提出了学习制作陶器的想法。一来,他看到父亲接下了让靖窑重放异彩的艰巨任务,想参与其中;二来,当时他们家孩子多,经济拮据,他也想分担家庭压力。

他对父亲说,我要跟你学做陶器,我要和你一起干。

起初父亲坚决不同意。父亲觉得,自己一辈子就是个手艺人,儿子不应再做手艺人了。若去读大学,毕业后谋个公职,那不是比手艺人更荣耀更体面吗?但伍映方说,我读大学,你们压力更大。父亲说,你只要考上了，我砸锅卖铁都会供你。伍映方说，如果你非要我上大学，那等我毕业了，还是要回来跟你学制陶。与其浪费四年时间去学一个自己不喜欢的专业，不如让我从现在就开始跟你学习制陶。

父亲沉思良久，终于说，好吧，你想清楚了。如果真的要跟我学，就必须学好，学出个样子来，不能给我丢脸。

父亲的这几句重话，非但没让伍映方退缩，反而更激发了他的干劲儿。他发愿一定要学出个样子来，不但不给父亲丢脸，还要给父亲争光。

他眼里那种坚韧的光，就是从那时开始闪现的。

此后，伍映方全身心地走进了陶瓷世界。他用十年时间，从父亲那里学到了传统陶瓷制作的各项技能，点点滴滴都不漏。而立之年，他已经把自己锻造成一个合格的陶艺师了。陶瓷制作的十八般武艺，七十二道工序，从挛窑、淘土、拉坯、成型，到装饰、上釉、烧制，他全都熟练掌握，操作自如了。用他朋友的话说，你只要给他一盒火柴，把他放到山上去，他就能创作出陶瓷作品来。

　　伍映方徜徉在陶瓷的世界里，尝试制作各种各样的器皿。紫砂，红陶，白瓷，青花，各种颜色的釉瓷，一一试过。他也全国各地去跑，景德镇，宜兴，山东，福建，浙江，有好窑的地方一一看过。各种技法，各种器皿，也都一一学过。他的技艺提高很快，做出来的陶瓷也很受欢迎。

照理说，他可以就这么走下去了，制作大量精美的陶瓷推向市场，获得经济上的效益，让全家人的生活得到改善，也让自己获得名和利。一切都顺理成章。但不知为何，伍映方却感到迷茫，有点儿找不到方向。自己到底想要什么？难道就这样和大家一样，去做一些适应市场的产品，或者去拿几个奖，评几个大师头衔吗？

他觉得那不是他想要的，不是他的梦想。他不想做工艺品，他要做艺术品。二者虽然一字之差，在他心里却是天差地别。

他的眼里闪着梦想的光。

五

  幸运的是,在人生的关键时刻,伍映方认识了一位好朋友。这位朋友叫单庆华,是靖安当地的一位公务员,喜爱收藏,擅长书法,热爱陶瓷,还饱览群书,他们经人介绍相识了。几番交谈之后,伍映方发现,单庆华的文化修养、艺术眼界都非常高,很让他钦佩。每次与单庆华交谈后,他都获益匪浅。他想,自己读书不多,正需要这样一位老师。于是,他表达了想向单庆华学习的愿望,并于2014年正式拜师,从此称单先生为老师。

  一个人,知道自己的不足,正视自己的短处,善于向他人学习,是一种很了不起的品德。难怪在伍映方的眼里,有一种谦逊的光。

单庆华看出了伍映方的迷茫，便提议他静下心来读书。单庆华给他推荐了李泽厚先生的《美的历程》、宗白华先生的《美学散步》，还给他推荐了孔子、老子、庄子等诸子百家的著作及《诗经》等国学经典。单庆华告诉他，一个手艺人，不能仅仅是练手，还要丰富自己的精神世界。有了深厚的文化修养，有了高雅的审美情趣，才能创作出优质的艺术作品。

　　伍映方就在自己的陶瓷作坊里读起书来。

　　书读得越多，伍映方越觉得自己需要学习的东西太多，也越觉得自己的作品不理想。当下那些陶器，还远不是他想要的作品。

　　直到靖安黑陶的出现，直到蛋壳黑陶觚的出现。

老虎墩出土的蛋壳黑陶觚，极大地震惊了伍映方。

虽然此前他对古陶瓷也有所研究，但主要是在宋代黑釉瓷领域，比如黑釉油滴、黑釉兔毫、黑釉虎斑玳瑁、黑釉木叶天目、黑釉剪纸贴花等等。虽然也有突破，但依然停留在硅酸盐化工原料配方的层面。面对蛋壳黑陶，他才知道，自己以前的做法不是古法，是现代工艺。

几千年前的古人，完全是凭柴烧，凭手工，做出了那么精美的蛋壳黑陶觚。

伍映方终于知道自己想做什么了。

六

追随古人，让几千年前的古董重放异彩，谈何容易。

这时，又一位对伍映方来说非常重要的人物出现了，他就是当时的靖安县委书记张龙飞。在单先生和好友杨晓农的推荐下，张书记走访了伍氏靖窑。一见面，张书记的一番话就感动了伍映方，或者说，征服了伍映方。

张书记说：我在靖安有六七年了，从县长到书记，我的脚步踏遍了靖安的山山水水，踏遍了靖安的所有角落，我自以为对靖安再了解不过了。但是，自从东周古墓被挖掘出来，老虎墩遗址的蛋壳黑陶出土，我真是目瞪口呆，原来靖安是一片这么神奇的土地，靖安的文明历史直接穿越了4500年。现在，我觉得我对靖安这片土地感到很陌生，似乎啥都没搞懂，必须得重新认识它了。

接着张书记又说，我希望你放下手上所有的事，去研究蛋壳黑陶，我们一起陪着你做这件事。外围的事我们来解决，你把所有的时间与精力，都用在古法黑陶技艺的恢复上，这件事做好了功德无量。它是独一无二的，是功在千秋的，我们要不支持你，就是犯罪。

张书记所说的外围的事，是指伍映方遇到的困难和麻烦。面对那些困难和麻烦时，伍映方当时很生气，恨不能一走了之。但是张书记的这番话，彻底驱散了他心里的雾霾，烧热了他的心。面对这位有情怀、有识见、敬仰文化的领导，面对刚刚出土的精美的蛋壳黑陶觚，伍映方决意死心塌地地留在靖安，把后半辈子都交给黑陶。

张书记说到做到，他在靖安工作期间，一直给予伍映方强有力的支持。而且他自己，也从一个完全不懂陶瓷的人，渐渐变成了半个陶瓷专家，他给伍氏靖窑提出的建议，越来越到位。伍映方觉得张书记不再只是个领导了，而是自己的挚友。

张书记调离靖安时，伍映方忍不住落泪了。张书记说：小伍，离开靖安后，靖安的任何事我都不会再插手了，唯独黑陶的事我不会放手。人生短暂，做不了多少事，你做的这件事非常有意义，要坚持下去。如果我们这代人整不明白，那么就让下一代人再接着整。

伍映方在心里发愿，立誓，我一定要整明白。

七

2012年春天，伍映方出发了，向着梦想出发。

人们常调侃说，梦想是丰满的，现实是骨感的。谁都知道实现梦想的道路艰辛崎岖，对伍映方来说，黑陶梦不只是骨感的，还是漫长的、坎坷的、水深火热的。

最开始，伍映方充满了信心。他想，几千年前的古人，在那么简陋的条件下都能做出来蛋壳黑陶，现在的条件如此之好，自己的手艺也已经娴熟，重新烧制出蛋壳黑陶应该问题不大吧？

没想到等真正做起来，才发现实在是太难了。黑陶制作技艺已断代了几千年，没有任何资料可循。要想复制成功，只能硬着头皮不断做实验，采用倒推法一步步地走，也就是否定之否定，从一次次的失败中爬起来。

首先需要攻克的难关是拉修薄坯。所谓蛋壳黑陶瓿，就是薄如蛋壳，最薄处仅 0.2mm 左右，像是蛋壳里的那层膜。

要拉制出那么薄的坯，就需要配得上它的泥料。靖安虽然有丰富的泥土资源，也需要去寻找。以前他用过的那些泥料，感觉都不够理想。不同的陶土烧制出来的陶瓷是完全不一样的。

那些日子，只要不下雨，伍映方就会带上工具出门，在靖安的山水间埋头跋涉，像找金矿一样寻找最合适的泥料。终于，他在渔桥村挖掘到了一种可塑性强、细腻度高的白胶泥：这种泥料具有较强的黏合性，拉坯过程中张力很强，且不会太黏手，有利于薄胎的制作。他采回这种白胶泥，再按黑陶泥配方，最终制成了比较满意的泥料。

　　原料有了，怎样才能凭一双手，把它拉成均匀的、蛋壳一样薄的坯胎？又是一个新的挑战。伍映方婉拒所有的访客，将自己关在工作间里，夜以继日地苦练拉坯。饿了，妻子将饭送到工作间；困了，就把椅子拼到一起躺一会儿。他像着了魔一般，反反复复地拉坯、修坯，再拉坯，再修坯……原本高高的堆放在墙角的泥料，越来越少，而他的手，则越来越巧：由此厚彼薄，到厚薄划一；厚度由 1mm 到 0.9 mm、0.8mm……他不是在拉坯，他是在挑战极限。

终于，经过数个月的努力，伍映方攻下了拉坯这道难关，他可以娴熟地拉出 1mm 以内的薄胎了，最薄处仅 0.2mm。

接踵而来的难关是，怎么把那薄如蛋壳的坯胎，装进窑里。

懂行的人都知道，把薄薄的坯胎放进匣钵，再放入柴窑内不同的位置，其技术难度不亚于修拉薄胎。移动中，哪怕身体有轻微的抖动，那薄如蛋壳的坯体都可能裂开，就算裂头发丝那么细的缝，坯胎也报废了，导致前功尽弃。

为防止出现这样的情况，伍映方摸索出一套独特的呼吸法，他称之为"屏息静气法"。他以这样的呼吸，再配以身轻如燕的步伐，才能把蛋壳黑陶坯胎，完好如初地放入柴窑内。

然后，就剩最后一个难题了，也是最难的难题了：烧窑。

八

对我这种外行人来说，觉得找泥料是难的，拉坯是更难的，相比较，最后的烧制应该简单一些了吧？好比我们包饺子，调馅儿和包不是最考技术的吗？至于煮饺子，不是简单很多吗？

其实完全不一样,两者完全是两码事。在制陶上,烧制才是最难的,才是重中之重,才是决定成败的关键。

经过几十年苦练,伍映方对窑火风向和温度的把握,已经到了炉火纯青的程度。俗话说"三年出一个状元,十年出一个窑火师",可见掌握窑火的温度多么不易,温度相差几度,时间相差几分,烧出来的作品就完全不同。

而柴烧,就更难了。其火候的把握,全靠人的判断。

随着时代的发展,燃料越来越多样化,除了煤烧之外,电和气也日益广泛地运用在了烧制陶瓷上。用电和气烧制陶瓷,可以通过电子设备精确控制温度,什么时间都可以烧,烧到多少度也方便把握。但烧制出来的陶瓷制品，与古人的陶艺相比，就差那么点味道了。在高倍显微镜下察看，电烧、气烧的和柴烧的作品完全不同。柴烧的作品天然生动，气泡如同孩子们吹的泡泡一样可爱。

  伍氏家族的几代制陶人都一直坚持柴烧，伍映方也一直坚守初衷。很多人都劝他改用电烧或是气烧，出品率高，没那么辛苦，也不愁卖不出去。可伍映方只是笑笑，毫不动心。他明白，柴烧不确定的气氛，以及剧烈的升降温，对釉面及坯体产生影响而烧成的作品，其温润、内敛、自然之美，是升温相对恒定的电气窑无法达到的，特别是瞬间产生的特殊窑变，非柴窑烧成不可。他觉得从自己手上做出的陶器，即使不是艺术品，也要干干净净，纯粹天然。

更何况在他心中，那团火是那样的迷人，那样的神奇。不仅是燃烧薪柴，更是人与窑的对话、火与土的共舞。柴烧作品拥有的浑厚内敛的质感，其"火痕"与"灰釉"所构成的自然美妙的纹路，是人工永远无法达到的。

我忽然意识到，伍映方眼里的光亮，就有柴烧的火光。或者说，他长期专注地看窑火，那火光已落入眼底。

九

柴烧得先有柴窑，得自己挛窑。

我在伍氏靖窑，第一次听说了"挛窑"这个概念。挛，我查了汉语词典，单字只是手脚弯曲不能伸开的意思。但和"窑"组成词组"挛窑"，就是一个专业术语了。挛窑，通俗地说就是筑窑、砌窑。

挛窑是门技术含量很高的手艺。古时候的挛窑的技术传子不传女，仅此也可见其分量。伍氏靖窑现在拥有两座蛋形龙窑，一座长36米，有12个窑包，另外一座长9米，都是伍映方和他父亲的作品。

我有幸参观了其中那座大龙窑。

说实话，若不了解挛窑的难度，根本看不出个所以然，外观看上去就像是一条长长的起伏的黄土堆。实际上，却藏有各种玄机。

简单地说，要先选好地方，窑址需要一定的坡度，还需要注意风向。然后要备好窑砖，窑砖要用那种耐高温的黏土制作。

挛窑全部是手工操作，不借助任何工具。即使高达五六米的烟囱，也不用模板和吊线，就是凭挛窑人的经验和感觉。最难的是顶部的拱形，我真无法想象，就靠那些砖头泥巴，是怎么做出拱形的，怎么支撑的。

伍映方和他的父亲，父子二人，一天一天，一脚一脚，一手一手，先经过踩炼、成型、晾晒、烧炼等工序，制成一块块窑砖，再经反复试验，终于砌成了在构造、砌筑技术、装烧工艺等方面都十分合理的"靖窑蛋型龙窑"。耗时一年多。

他们这个龙窑，集传统龙窑的优点、蛋型窑的优点以及登窑的优点于一身，其烧制温度可达1350℃以上。

十

坯胎有了，龙窑有了，薪柴也备好了。

最后一关就是烧窑了。

柴烧一窑，通常需要60个小时左右，其间需要烧窑人不眠不休，轮班投柴，加柴的速度和方式、薪柴的种类、气候的状况、空气的进入量、窑内的气氛等细微因素，都会影响窑内作品的色泽变化。哪怕投柴不得当，不能完全燃烧，冒黑烟，也是不行的。每一步都需要体力加脑力。

曾数次参与伍氏靖窑烧窑的单先生说，只要窑火一点燃，伍映方的全部生活就转移到了窑边，或者说，他的整个魂都附在了窑上。连续数十个小时不眠不休，随时掌握各个窑室的火候。溜火、紧火、歇火，不允许出一丝差错。哪怕疏忽了一捆柴，也可能会让整个窑内的作品毁于一旦。夏日是成群的蚊虫围攻，冬天是刺骨的寒风围剿。双眼熬得通红，布满血丝，皮肤也是严重失水，干燥得吓人。

但这些对伍映方来说，都可以忽略不计。他的全部身心都在黑色陶瓷上。从挛窑、拉坯到烧制，九九八十一道坎，已经一路艰辛地走过来了，就看这最后一关了。

十一

但是，满怀的期待，却一次次地落空了。

最开始烧出的几窑，不但没有一件黑陶，甚至连一点黑色的影子都没有。千辛万苦，全部化为乌有，那种打击实在是太沉重了。

怎么办？是继续实验还是放弃？毕竟烧制一窑的成本需要几十万元，简直就是在烧钱。由于他一直埋头黑陶技艺的研究，没有走市场，也就是说，只投入，无产出，在啃完老本后，他差不多陷入了身无分文的困境。

伍映方看着自己每次烧窑记录下来的一沓沓厚厚的数据，再看看那一窑窑的废品，内心非常纠结。最简单的办法就是放弃，和别人一样，烧制普通的陶瓷，以他的技术，照样可以有市场。但若是那样想，伍映方就不是伍映方了，他不甘，不想妥协。他不想背离初衷，他要和那个黑黝黝的器物死磕。

在又一个不眠之夜后，他对妻子说，我再烧最后一窑，如果还不成功，我就放弃。

他说这话时，眼里有一种不屈的光。

妻子很贤惠，一直在背后默默支持他。她点点头，什么也没说。

那一年是2013年，伍映方已进入不惑之年，但他依然要为难自己，和自己过不去，和黑陶过不去，烧"最后"一窑。

这最后一窑，是背水一战。让他的心扑腾扑腾跳得厉害。他在心里默默祈祷，他真希望古人能跨越几千年来保佑他。

终于，一件黑色的留着些许白的陶作，呈现在他眼前。他惊喜万分，自己数年的努力，总算出现了一线曙光，他终于触摸到了烧制黑陶的关键点：对泥料的处理和对窑温的控制。

这最后一窑，成了第一窑，希望的第一窑。

十二

　　此后,伍映方继续研究,反复试烧,渐渐地,一点一滴地,终于摸索到了古人烧制黑陶的真谛,终于掌握了断代几千年的技艺,终于用本地泥土加工配比,用天然柴火,烧出了里外全黑、黑度均匀,且质朴纯粹的黑陶。4500年前的蛋壳黑陶觚,重生了。

　　让我们以官方文件的口吻,阐述一下这项成果:

　　伍映方采用靖安本地黏土,全手工制作,柴窑烧制,成功地复原了老虎墩遗址出土的蛋壳黑陶的古法制作技艺,使断代三千余年的宝贵技艺重现于世,具有很高的传承价值、文化价值、艺术价值与经济价值。2018年,该技法成功申报为省级非物质文化遗产。经江西省检测中心检测,伍氏靖窑的黑陶产品,不含任何对人体有害的物质,且含有活性炭成分,作为实用器皿能起到净化水质、吸附重金属、防辐射等功效。2019年,伍氏靖窑的黑陶,被江西省市场监督管理局列为江西省地方标准。

再让我们用单庆华先生的话,来说说伍映方烧制的黑陶。他说,伍映方烧制出的蛋壳黑陶,还原了老虎墩发掘出土的4500多年前的黑陶甗,此举可谓石破天惊。第一,他采用的是柴烧,温度高达900℃以上,最高达1250℃,成功破解了温度超过900℃就烧制不成黑色陶瓷的千古困局;第二,他不上釉,纯粹靠泥坯,创造性地烧制成功了胎体全黑的素胎黑瓷。这是奇迹,是改变陶瓷世界的奇迹。

　　是的，伍映方最早用化工原料添加法，也烧出了纯黑色的黑陶，但他不满意，砸碎作品，从头开始。通过反复试验，他又用有烟煤烟熏法，烧出了里外全黑的黑陶。但深入研究后，他再次推翻了自己的"研究成果"。在黑釉瓷木叶天目、剪纸贴花、虎斑玳瑁、兔毫窑变、油滴等品种的古法恢复过程中，他同样走过了漫长的倒推过程。他认为，只要有现代工业材料的加入，就不是古法制作，包括有烟煤。其一，人类运用煤炭的历史只有2700余年，而蛋壳黑陶瓠是4500年前的；其二，有烟煤在加热过程中会释放大量的重金属及有害金属，渗入坯体中，作为实用器皿是不安全的。只有用纯天然泥料、手工制作、柴窑烧制，才是真正的古法。

由于这些名贵的黑釉瓷品种制作技艺，已失传了700多年，没有任何的资料可参考，他只能硬着头皮通过实验来摸索，在实验的过程中不断地否定，再否定，直到最后，他用草木灰和泥巴两种天然材料，解决了黑釉瓷制作的所有问题。这条从复杂到简单的路，他整整走了15年。岁月漫漫。

伍映方告诉我，在几十年黑色陶瓷古法技艺的恢复创作与实验过程中，他最大的收获是对"大道至简""道法自然"这两个概念的领悟。他说：每种天然材料都有陶瓷的语言，只要不含有害物质的天然材料，都是最好的陶瓷材料。

当他捧着用古法烧制出来的陶瓷，看到质朴浑厚的陶瓷上散发出天然的色泽时，他终于聆听到了来自大自然的声音。

十三

蛋壳黑陶觚等系列黑色陶瓷全面恢复古法烧制成功后，伍氏靖窑一时声名鹊起，媒体纷纷上门采访，业内人士纷纷上门求教，还有很多商家上门订购，出价颇高。

面对这一切，伍映方丝毫没有大功告成的感觉，他依然心静如水，尽可能地婉拒一切与黑色陶瓷研究无关的事。有人让他拿他的作品去参加评奖，甚至明确地跟他说，你的作品肯定能得金奖，他还是婉拒。他的理想，依然是最朴素的那个，就是有生之年，做出自己满意的作品，而不是其他。

难怪他的目光里，有沉静，有内敛。

他说，我的父亲一辈子兢兢业业，精益求精，从来不争名争利，我也要像父亲那样，抛开一切杂念，做个好工匠。

更何况，他觉得自己还没有实现最终的梦想。

尽管他成功地恢复了失传3000余年的薄胎蛋壳黑陶的古法烧制技艺，恢复了失传700多年的多个名贵黑釉瓷古法制作技艺，并创造性地烧出了无釉黑瓷新品种，但他仍觉得自己和古人有着很大的差距。他还需要一步步往前走，还需要不断完善作品，同时完善自己。

有时他也会感到孤独，因为自己的苦苦追求很少有人理解。但更多的时候，他享受这份孤独。2020年疫情严重时，整个靖窑异乎寻常的宁静，没有了来自外界的任何打扰。他每天从早到晚，都安安静静地待在作坊里，和泥料、火焰对话，和古人对话。他觉得陶瓷的每一个元素，都有自己的语言，甚至每一把火，都有自己的语言。

　　他要守住干净的泥，守住柴烧的火，不计辛劳，不计成本，回到艺术最古朴的家。

十四

　　现在，伍氏靖窑正一天天走向成熟。

在政府的大力支持下，靖窑的黑陶文化，已纳入靖安的"五色旅游"之中，是五色中那厚重的黑。伍氏靖窑，已成为江西省考古研究院的黑陶研究基地，成为中国本原文化艺术研究院古法陶瓷的实践基地。而伍映方个人，先后被评为全国劳动模范、江西省能工巧匠、江西省非物质文化传承人、江西省五一劳动奖章获得者……从这些荣誉中，我们可以看到国家和社会对工匠精神的重视，可以看到政府和陶瓷行业对伍映方不懈追求的肯定。

不过，成为黑陶的非遗传承人，伍映方还是有很大压力。怎么传承下去？仅靠自己显然是不够的，必须后继有人。可是，眼见着很多凭一时热情前来学习的青年，干了一段时间后耐不住寂寞走了,他非常担忧。确实,要真正全套掌握黑色陶瓷制作技艺,没有十来年的工夫是不行的。而极少有年轻人,能心无旁骛地坚持十年。

伍映方只得动员自己的儿子了。

大儿子原本考上了全省林业系统带编定向的林校,毕业后可以直接去林业局工作。但就在儿子去单位报到前,伍映方和他做了一次长谈,像当年父亲和他谈话一样。他问了儿子一个尖锐的问题,你去林业局,能保证自己在十年之内,成为那个行业的顶尖人才吗?如果不能,仅仅作为养家糊口的职业,不如现在就回来跟我学制陶。黑陶的古法技艺需要有人继承,伍氏靖窑也需要有人继承。

儿子因从小耳濡目染,也喜欢制陶,听父亲这样一说,马上就表示愿意回来跟他学。但伍映方叫他不要立刻回答,再好好想想,想清楚。因为学制陶,继承古法技艺这件事,没有任何捷径可走,必须点点滴滴地磨炼。不能凭一时热情,要投入一辈子。一辈子都耐住寂寞,不被外部世界所诱惑。第二天,儿子回答说,爸爸我想好了,我跟你学,我愿意一辈子从事陶艺事业。

现在,大儿子进步很快,已成为县一级非遗传承人了。而小儿子,原本就是学的陶瓷艺术与设计专业,一毕业,便顺理成章地回到靖窑,成为又一名非遗传承人。

接下来,伍氏靖窑准备成立研学基地,吸引和培养更多对传统黑色陶瓷感兴趣的人,加入传承人的队伍中来。"伍氏靖窑"那四个字更有力量了,因为后继有人。这让伍映方感到踏实。

比他更踏实的,是他的老父亲。年近八十的老父亲,依然每天都到靖窑来转转。东摸摸,西看看,有时"手痒",还忍不住想拉坯,想添一把柴。伍映方不让他再动手了,要他好好享受生活。他当然很享受,看到儿子孙子都继承了祖业,并且干出了一番成就,没人比他更享受了。他每日和老伴儿打打小牌,诵诵古诗词,脸庞如黑陶般闪着幸福的光亮。

十五

回望来时路,伍映方说,我在制作黑色陶瓷的路上走了三十一年。前十年，是由简到难，把每一个步骤，每一个微小的技术，每一种方式，都一一学到手。而后二十五年，是由难到简，是回归。这回归的路，走得更艰难，更漫长，至今还在继续走着。做得越多，我心里越忐忑，越不敢轻言成功。

伍映方说这话时，眼里满是谦逊、诚恳的光。

单先生说，伍映方从难到简，就如同从彩陶到黑陶。黑陶的难得，在于它不再追求彩色的艳丽与华美，而是着力于质地的精良、器形的多样与工艺的精湛；黑陶不再张扬喧嚣，更注重深邃内敛的本质。从彩陶到黑陶，不单单是视觉审美的转换，更是精神理念的升华。

大道至简，道法自然。在伍映方看来，不违背自然规律的研究与创新，才能持久。可以说，每件柴烧作品都是独一无二的，不管多么精彩，都无法复制。而每一种天然材料都有陶瓷的语言，作为手艺人最应该做的，是如何去读懂它，驾驭它。

三十多年的制陶经历，让伍映方总结出了烧制陶器的三重境界。第一境，有意为之，有意得之。也就是说，想做成那个样，果然是那个样。第二境，有意为之，无意得之。即烧出来的作品，超出了自己的预料。而第三境，是最难得的，即无意为之，无意得之。一切都在不确定中，这种不确定，便有着无穷的魅力，犹如神赐。

伍映方说这话时，我发现他的脸庞黝黑明亮，闪动着黑陶般的光泽。也许，他已经把自己烧制成了黑陶。●

她在这漫长的、艰苦卓绝的岁月里,完成了从曹王氏到王春翠的转换,成长为她自己,一个大写的女人。

16:00

百年前的一株兰

16:03:20

在浙江兰溪，一个叫蒋畈的静谧村落，我见到一位女先生，她的名字叫王春翠。我没和她握手，因为她高高地站在白墙上，我只能仰视。照片上的她，白发如雪，却并不显老态，身板笔直，面容平静温和。她的身边，是一位更年长的老妪——她的婆母刘香梅。从时间上推断，拍这张照片时，她已经和丈夫曹聚仁分开很多年了，也就是说，婆母已经是前婆母了。但仅看照片，她们依然像一对母女。

之所以称王春翠为女先生，不仅是因为她是老师，她是校长，她是作家，更因为她在百年前的乡村教书育人，传播文明。她生于1903年，还裹着小脚，所以她的另一个称呼是"小脚先生"。

起初她并没有引起我的注意，因为我们去的蒋畈村被称为"曹聚仁故里"，而她，只是曹聚仁的前妻。

曹聚仁，民国时期的著名学者，亦是教授、作家、报人和社会活动家，留有很多价值不菲的学术著作。1950年赴香港后，为两岸的友好交流做出过重要贡献，多次被毛泽东、周恩来、陈毅等领导人接见，以爱国人士著称。故蒋畈村是以他为傲的。

他的父亲曹梦岐，也是大名鼎鼎。清末最后一科秀才。二十世纪初赴杭州应乡试，虽名落孙山，却带回了康有为、梁启超的维新变法思想。从此决心远离功名，以教育救国，以启民智、开风化为己任，立志要培育一批能改变社会风气的人才。1902年春，曹梦岐倾尽私财，以祖屋为校舍，创办了育才学堂。校名之意，取自孟子的"得天下英才而教育之"。他自任校长，并兼教国文、修身，倡导学做兼修，知行并进。从此将一个愚昧落后的穷乡僻壤，带向了时代的前列。蒋畈有幸，须知在一个穷困之地办学育人，是精神上的开仓赈粮，是最大的慈善。曹梦岐功不可没。

在赫赫有名的曹家，出现了王春翠，不过是多了一名曹王氏。而王春翠走进曹家,也是源于育才学堂。育才学堂很开明,男女生兼收,于是王春翠便成了曹聚仁的学妹。曹梦岐有三个儿子一个女儿,个个都聪慧好学,其中的二儿子曹聚仁,天生聪颖,悟性极高,4岁便念完了《大学》《中庸》,5岁便念完《论语》《孟子》。11岁就在育才小学任文史课教师了,人称"小先生"。"小先生"第一次见到王春翠,就喜欢上了她。

在曹家留下的老照片里,我没能看到王春翠早年的样子。据乡间传闻,她生得眉清目秀,且十分聪慧,这一点,从晚年的照片里可以看出。两个少年是在村旁的通洲桥上初相逢的,之后,他们就常去桥上"偶遇",开心地谈天说地,或者静默地看着江水流淌。

我有幸走上了通洲桥,很古朴的一座廊桥,平静的江水从桥下缓缓流过,桥头有一棵巨大的梓树,看上去像香樟,但树干上挂着的牌子上明确写着梓树,还写着它已有两百多岁了。那么,这棵梓树,是见证过曹聚仁和王春翠的爱情的。两个情窦初开的少男少女,一个十五岁,一个十二岁,美好而又单纯,单纯而又热烈。

曹、王两家都很乐意结成这门亲事,于是他们俩早早就订了婚。之后,曹聚仁考入浙江省立第一师范学校,1921年学成毕业后,回到老家和王春翠举办了婚礼。有情人终成眷属。

王春翠做了赫赫有名的曹家媳妇后,并没有开始阔太太的生活,而是继续求学,毕竟她才17岁。开明的曹家也没有将她拴在灶台边，而是支持她继续念书。她考上了浙江省立女子师范学校，是当时县里第一个女师范生。她前往杭州读书。与此同时，曹聚仁前往上海爱国女中教书，两人开始了异地分居的生活。

　　曹聚仁到上海后，其聪明才智得到了极大的发挥。他在教书的同时搞研究、写作、办刊物，还创办了《涛声》《芒种》等刊物，为《社会日报》写社论，为《申报》副刊《自由谈》撰稿，还因为整理章太炎先生的《国学概论》而成为章太炎的入室弟子，与鲁迅先生也交往甚密。曹聚仁一时间成为上海文化界的活跃人物。

　　最初，分居两地的曹聚仁和王春翠信件往来频繁，互诉衷肠，互相交流学习和思想。但渐渐地，曹聚仁的信越来越少，也越来越短了。王春翠敏感地意识到，他们的婚姻有了危机。丈夫是如此的年轻英俊，才华横溢，又在女中当老师，没有诱惑是不可能的。王春翠决意放弃学业，奔赴上海挽救婚姻。到达上海后，她的隐忧被证实了。但她不吵不闹，一如平常地用心照顾丈夫的日常起居，并协助丈夫创办《涛声》杂志，做校对，搞发行。与此同时，努力开辟自己的事业。她在上海暨南大学师范附小任教，也开始写作。处女作《我的母亲》，发表于《申报》副刊《自由谈》。

王春翠的贤淑和才华，打动了曹聚仁，曹聚仁辞去女中职务，夫妻二人和好如初。1926年，他们终于有了一个可爱的女儿，取名曹雯。女儿的出生，给他们带来了巨大的喜悦,他们对这个孩子倾注了全部的疼爱。在一张老照片上,我看到曹聚仁抱着曹雯,小姑娘非常可爱,大大的眼睛,高高的鼻梁,白皙的皮肤,如同一个小天使。

不幸的是,1932年日军入侵上海,曹聚仁在上海郊区的家被摧毁,什物书籍,荡然一空。女儿在躲避战火的途中病倒,由于交通不便,良医难寻,最后不幸夭折。六岁女儿的离世,对夫妻二人打击巨大,王春翠一时间心如死灰,曹聚仁也觉得如同世界末日到来。他痛哭道:"好似天地都到了末日,我这一生,也就这么完蛋了。"

承受着无边悲痛的王春翠,靠写作疗伤。她写下了

《雯女的影子》一文，发表于《芒种》杂志。1934年，她又完成了散文集《竹叶集》，书名是鲁迅先生亲自选定的，曹聚仁为她作了序。1935年10月，她还以"谢燕子"为笔名，编著出版了《戏曲甲选》。

繁忙的工作和写作，渐渐抚平了王春翠的伤痛。她又燃起希望，她觉得自己和丈夫还年轻，还会再有孩子的。不料，他们的婚姻再次出现危机。这一次，王春翠心灰意冷，没再做任何努力。她孤身一人离开上海，回到了兰溪老家蒋畈村。

王春翠回到蒋畈村，回到了曹家。毕竟她还是曹家的媳妇。她尽力照顾曹聚仁的父母，更重要的是，她接手了育才学堂，当了女校长。此时，育才学堂的创始人曹梦岐先生，早已离开了人世。他的长子曹聚德和三子曹聚义，先后接任过校长，又先后因为参加抗战而离开。

王春翠接手育才学堂后，满腔的热情喷薄而出。首先提出减免学杂费，动员农家子女就学。她迈着一双小脚在乡村中奔走，呼吁。她一分钱不拿，毫无杂念地办学，将乡村教育视为生命。

抗战爆发后，为唤醒民众的抗战意识，提高国民的救国热忱，王春翠组建了"育才小学剧团"，自编自导了《黄河大合唱》《我们在太行山上》等节目，去各地开展抗日演出。1938年秋，他们在晒谷场演出了抗战话剧《一片爱国心》，引起强烈反响。当局要求他们摘下"救亡"横幅，遭到王春翠严厉拒绝。她还创办了

《育才学刊》（共 200 余期），传播文明，宣传抗战，影响甚广。

与此同时，再婚后的曹聚仁也没有沉溺在小日子里，而是继续从事他的学术研究和文化事业。1937 年淞沪会战爆发后，曹聚仁"脱下长袍，穿起短装，奔赴战场"，拿起笔作刀枪，写下了大量的战地新闻、人物通讯和杂感，部分内容还被编入战时教科书中。我们在电影《八佰》里看到的那位深入到四行仓库保卫战的记者，就是以他为原型塑造的。由于他对淞沪会战战场的出色报道，被国民党聘为战地特派记者。抗战胜利后，获得了政府颁发的"云麾胜利勋章"。

夫妻二人虽然分开了，却没有背道而驰，而是成了抗日战场上的战友,以各自不同的方式,在中华民族最危难的时刻贡献着自己的青春热血。这应该是我们看到的最好的结局。

尤其是王春翠,离异并没有让她变得愁苦脆弱,她像一名勇敢的战士,投入战斗中。1940年春,为避日军侵袭轰炸,王春翠带领师生们隐蔽到山林中继续上课。1942年5月,日军入侵浙东,山林里的学校被日军炸毁,他们不得不停课。第二年稍有安宁,她又立即让学校复课了。复课之时,适逢育才小学建校40周年,她组织学校大庆三天,以提振师生士气。但好景不长,1944年夏,日军飞机再次轰炸,育才校舍又一次被夷为平地。王春翠依然不放弃,她借用祠堂、庙宇及闲房等继续办学,以锲而不舍的精神做"小脚先生"。

抗日胜利后,王春翠马上着手重振育才小学。而且她还发愿,要在原来的基础上扩大校舍,增设中学部。为此她四处募捐,筹款,并写信给曹聚仁请求支持。其实这也是曹梦岐老先生的夙愿,曹梦岐在世时就一直想办中学部。故曹聚仁等曹家兄妹都很支持。他们联络当地名流,建立育才中学校董事会,筹措经费,用以创立育才初级中学。1947年,育才学校终于恢复了,小学部、中学部同时开课。曹聚德任中学校长,王春翠任小学校长。

我从育才学校的历史沿革中看到,王春翠自回到故乡接手育才学校后,没有过过一天安生日子,但也没有停止过一天办学。她让读书声穿越贫困，穿越战火，在山区的乡村回响。最重要的是，她在这漫长的、艰苦卓绝的岁月里，完成了从曹王氏到王春翠的转换，成长为她自己，一个大写的女人。

　　育才学校停办（合并）后，王春翠回归乡野，做回了农妇。在蒋畈村乡亲们的记忆里，晚年的她时常独自坐在门前，白发在风中飘拂。但凡有孩子路过，她总会问及他们的学业。闲暇时，她还主动教左邻右舍的孩子认字读书，并告诉他们，没有文化哪里都去不了。可是那么好一个人，在那个非常年月里依然被迫害。所幸，改革开放后她重新得到尊重，担任了兰溪政协委员，写下不少回忆文章，如《我的丈夫曹聚仁》《回忆鲁迅》

等。1987年病逝，归葬蒋畈墓园。

　　我久久地看着王春翠那张白发如雪的照片，在心中穿越百年时空向她致敬。我在她的脸上看不到愁苦，看到的只有温和平静，以及平静下的坚毅。她一生致力于办学，一生都在坚持求真知、立真人的"蒋畈精神"。任育才学校校长期间，她8年不拿薪水；学校改成公立学校后，她便将所得工资全部用来给学生作奖学金。她把自己的整个生命都给了乡村教育事业，她因此被乡邻们尊称为"王大先生"。

　　王大先生，多么响亮的称谓！从小脚先生到王大先生，从曹王氏到王春翠，她的生命开出了馨香的花朵，犹如山涧的一株兰，虽然没有艳丽的色彩，没有浓烈的香气，也没有如雷贯耳的大名——倘若不是走进蒋畈村，我可能永远不会知道她，但她的馨香，却永留人间。

　　所谓流芳百世，便是如此吧。●

生命的意义，
就在于人与人
的互相照亮。

17:00:00

17:00
彼此照亮的生命

17:06:00

江南的秋天，我到浙江兰溪蒋畈村采风。当地主人介绍说，那里是文化名人曹聚仁的故乡。起初我没太在意，浙江的文化名人太多了，几乎每个村子都能遇见。可是进入蒋畈村后，我却被深深打动了，被曹聚仁的父亲曹梦岐打动，被曹聚仁的前妻王春翠打动。

　　尤其是王春翠，同为女性，更令我感佩不已。回来后，我即上网查找她的资料，才发现以往人们写到她，都是写她和曹聚仁的关系，八卦成分比较多。几乎没有人从正面写过她。而她，是一位非常了不起的女性。

我决意要写王春翠，要把她的故事告诉世人，并流传下去，以这样的方式表达我的敬意。于是，便有了《百年前的一株兰》，写了这位如兰的女人，如何在贫瘠的乡村坚持办教育，传播文明，并在抗战期间带领师生们宣传抗战，不屈不挠。最终从曹王氏成长为独立女性，从小脚女人成长为王大先生。

文章在"文汇笔会"上发表后，很多读者都被她深深感动。更让我欣慰的是，曹家的亲属和蒋畈村的乡亲们，也很认可我的表达。

在笔会公号第一个留言的读者，是牛歌。牛歌留言：肃然起敬，王大先生。曹聚仁我知道，也有他几本书，却不知道这位一点也不比他逊色的前妻。谢谢山山，让我们知道了这位平凡而伟大的女性。

我在笔会上发文章，牛歌时常留言，留言也总是很到位。他是我的一位老友，大名牛宪纲，我们相识于网上，十几年前博客兴盛时，我们都有自己的一亩三分地，时常互动。后来转入微信朋友圈，继续互动。

牛先生是湖北襄阳的一位作家，年长我几岁，曾出版过好几本书，还曾是襄阳文学刊物《汉水》的主编。我们虽然从未谋面，却成了老朋友。其重要原因是，我们的思想观念和文学观念都很接近，他常常对我的作品进行中肯的点评，对我鼓励很大。

而牛先生本人也很令我敬重。第一，他的阅读量很大，可谓饱读诗书。看他留言即可发现，他已经读过曹聚仁的书了，而我，只是走到曹聚仁故里才知道他。第二，他酷爱锻炼，常年在汉江游泳。20世纪90年代初，他曾和一位好友骑自行车采访，行程12000多公里，时间长达140多天。回来后，他写作出版了长篇纪实散文《万里走双骑》。第三，他的书法极好，小楷尤其精湛。

　　有一回聊天，牛先生告诉我，他从1990年开始写日记，已经30年了，每天都用小楷写繁体字。闻听此言，我当即羡慕加羞愧，表示要把家里的好本子都寄给他，他说不要寄，也许哪天他会到成都来，亲自来拿。不过至今还没来。

文章在公号发表的第二天，牛先生问我，你这篇文章发出来时有删节吗？我说有两处，不多。他说，你可以把全文发给我吗？我就发给了他。过了一天他又说，我感觉，无论是字形，还是读音，一枝兰都更好一些，你再琢磨一下。我很尊重他的意见，立即去和责编商量，因为当时报纸还没刊出。但我的责编还是认为"一株"更好，责编说的也有道理。我回复牛先生，他笑笑没再说什么。过了两天他又告诉我，我把"愚昧"的"昧"写成"味"了，"曹王氏"掉了"王"，是"通洲桥"，不是"通州桥"。我当时暗自感叹，他怎么看那么仔细？

11月的最后一天，我收到一个快递，自知这段时间没买什么，就猜是出版社寄的书。哪知取回来一看，当即惊呆了：竟然是一本古朴的青蓝色封面的册页，上面赫然写着《百年前的一枝兰》。急急翻开，里面夹着一封信：

山山您好：

　　拜读大作《百年前的一枝兰》，为之感动。遂恭录全文，以作纪念。这也是献给王大先生的一瓣心香。

　　近来诸事繁杂，写写停停，颇欠工整，自己并不满意，还望多包涵。

　　顺祝笔健。

牛宪纲
草于十一月二十八日

原来,牛先生用小楷为我抄录了这篇散文!难怪他看得那么仔细,一再和我订正其中的错误。四千字啊,他竟然一笔一画,一丝不苟,抄录得工工整整。我一页一页地翻看,内心的喜悦和感动无法形容。他的字实在是太漂亮了,而且全文无错,我估计我自己抄一遍,都会有错字、漏字。

征得他的同意,我发了朋友圈,赢得朋友们的一片赞扬和惊叹,感动和钦佩。包括一些自己的字也写得很好的朋友,都称赞他的字有功力,非同一般。

我想,这就是我作为一个写作者的幸运,可以和灵魂相近的人神交,可以和神交的人互相照亮。哲人纪伯伦说:生命的意义,就在于人与人的互相照亮。我在蒋畈村"认识"了一百年前的王春翠先生,又在同时代"认识"了从未谋面的牛宪纲先生,他们都给予我生命的养分,都将我的生命照亮。这份幸运,我会永远铭记。●

17:54:00

水和水相连，
水和水相亲相
爱。

18:00:00

18:00
相亲相爱的水

18:03:45

说来羞愧，作为一个浙江人，我竟然直到今年才去温州，更羞愧的是，我一直以为温州就是一个经济发达、商业氛围浓厚的城市，毕竟它是改革开放的前沿阵地，民营经济发展的先驱。没想到真的到了温州，我看到的，却是一个亲近大自然的山水之城，不但面向大海，还有大小河流150余条。瓯江、飞云江、鳌江、楠溪江……江江都美名传扬。当然还有山，雁荡山、大罗山之外，有仙叠岩、石桅岩、大若岩、灵岩、花岩……光看名字就让人向往。说山清水秀是远远不够的，山不只是青，还俊朗奇美；水不只是秀，还清澈宁静。山环水绕，气候温和，真真是一片上天赐予的美地啊。

尤其是那水，让我深爱。

温州三日，我们一直沿着水走。不是江就是河，不是河就是溪，不是溪就是塘，不是塘就是湿地，不是湿地就是大海。水和水相连，水和水相亲相爱。而我们，也在行走中被水滋润着，激活着。

楠溪江的大名我早已耳闻。往远了说，南朝诗人谢灵运就吟诵过它，以诗歌为它点赞；往近了说，我有几个温州朋友，时常拍摄楠溪江的美图发在朋友圈，大美的风景让我印象深刻。

  我猜想它最早是一条溪，渐渐变宽变深，成了江。看介绍说，楠溪江有三十六湾七十二滩，全长145公里，是典型的河谷地貌景观，物种丰富，群落多样，生态系统保存比较完整丰富，所以它还是世界地质公园。

  但一见之下，惊到我的不是它的风景，而是它的水：竟如此清澈！清澈见底！我们在江上坐竹筏，一低头，水底的鹅卵石竟可见到纹路。正逢浅水时节，波平如镜，时宽时窄。但无论宽窄，都清澈如婴孩的眼睛。我忍不住说，水怎么可以这么清？它是怎么做到的？

  毕竟这江就裸露在天空下，夹在滩林中。我们顺流而下时，还见到了一群群鸭子。江面上时有白鹭飞过，岸边还匍匐着许多善抓鱼虾的鸬鹚；河底有鱼有虾，河边有蛙有虫。据科学家考察，楠溪江水域的两栖类动物十分丰富，多达二十四种。如此繁多的动物和植物簇拥着它，它竟依然那么清澈。难道它每日三省吾身，在自我净化吗？

　　彼时夕阳照临，河水如金色的缎带蜿蜒飘动，对我的讶异笑而不语。"叠叠云岚烟树榭，湾湾流水夕阳中。"在那一刻，我与谢公穿越千年，感同身受。

　　于是我猜想，楠溪江的水，一定是相亲相爱的，因为爱而纯净。

仙岩的梅雨潭，因朱自清而成了网红。一篇《绿》让"梅雨潭"三个字穿透蒙蒙雨雾，在人世间熠熠闪亮。

潭水虽深，观赏却须登高，因为它在大罗山上。大罗山是一座平地拔起的山，处处峻崖陡壁，水源充沛，故形成了很多瀑布潭。其中梅雨潭最有特色。清代潘耒在《游仙岩记》中云：常若梅天细雨，故名梅雨潭。也许这就是梅雨潭名字的由来吧。

我们拾级而上，微微喘息时听见了水声，随即眼前一亮，便见到了飞流直下的瀑布，和瀑布下那汪碧绿的潭水。"那醉人的绿呀，仿佛一张极大极大的荷叶铺着，满是奇异的绿呀。"是。我默然颔首：朱先生所言极是。

我们驻足梅雨亭下。此亭为明代少帅温州人张璁所建。亭和潭遥遥相对，我们亦与潭遥遥相对。见瀑布或大声告白，或低声倾诉，都被潭水一一揽入怀中。那潭仿佛一口墨绿色的染缸，雪白的瀑布跌落下去，瞬间就变成了绿色。绿如墨，即使最名贵的翡翠，也无法和它媲美。秋日的阳光热烈而耀眼，仿若在给潭水加持。

想起曾经见过的大瀑布，尼亚加拉大瀑布，黄果树大瀑布，都以大声喧哗而闻名于世，水声惊天动地，水下汹涌湍急。而梅雨潭，却以安静低调的姿态独具魅力。我相信每一个来到梅雨潭的人，面对它，都会安静下来，从瀑布声里，聆听到最深的静。

由此，我猜想，梅雨潭的水，是相亲相爱的水，因为爱而深邃。

我一直以为，一个有湿地的城市是幸福的，天然多了一个肺，多了一个氧吧，将城市之心养育得洁净而富有活力。所以，当到达酒店，拉开窗帘，扑面而来的不是高楼大厦，而是一大片湿地时，我真是惊喜不已，呼吸也顺畅起来。

　　第二天我们就去湿地游览了，湿地的名字叫三垟湿地。

　　我们坐在船上，船行在氧吧中。目力所及，都是湿地的孩子：芦苇、菱角、柑橘树、柿子树、美人蕉、白鹭、野鸭，还有看不见的鱼、虾、蛙、虫。那句耳熟能详的"水是生命之源"，在这里得到了最好的诠释。

　　船上的导游姑娘介绍说，三垟湿地有13平方公里。

湿地内河流纵横交织，密如蛛网，有160多个大小不等形状各异的岛屿。我猜想，从空中看，一定很美，如一张吐故纳新的绿色网。

我们的船绕岛而行。岛上最醒目的便是柑橘树了，树上已能见到果实，是当地人非常喜爱的瓯柑。据说瓯柑易于保存，初冬季节采摘，可以放到第二年端午再吃，而且那个时候的瓯柑会甜如蜜。

忽然，一棵巨大的树映入眼帘，好似水中撑起一把绿色的巨伞。惊叹中听导游解释说，那是一棵已有290年高龄的香樟。哦，真是大爱。作为一个爱树的人，仿佛得到了意外的馈赠。船近了，看出树是在一个小小的岛屿上。树下有白墙。奇异的是，树的一半是浅绿色，一半是深绿色。是不同的树种长到了一起,还是同一棵树因为光照不同而改变了颜色?

答案在此时并不重要,重要的是这棵百年老树,它也是湿地的孩子。它让它的母亲更加德高望重,宽广而深厚。

我猜想,三垟湿地的水,一定是相亲相爱的,因为爱而宽厚。

终于看到了大海。

当我们抵达洞头时,水以最壮阔的形态出现在我们眼前。

在水的种种形态中,海水毫无疑问是最深的,最广阔的，同时也是最与众不同的。它对人类的养育与江河湖汊不同。虽然它既不能饮用，也不能灌溉，却以它的方式，滋养了数千年人类文明。

所以我对海，始终敬畏。

到了洞头我才知道，中国有12个海岛县，其中浙江就占了5个。依次看过来，12个里，我竟然只去过南澳和舟山，现在加上洞头，总算有3个了。

洞头有150座大小岛屿，被称为百岛洞头，也被称为海上花园。我们登上望海楼，一望无际的海风平浪静。忽然想，人们对山，总喜欢它千曲百回，巍峨崎岖；人们对海，则希望它平铺直叙，不动声色。这大概，就源于敬畏。

从大海收回目光，回首，南边是洞头渔港和半屏山；东边是洞头的新老城区。而西面，则是七座跨海大桥，七座！曾几何时，从陆地到洞头，是必须坐船的，或者说必须晕船的。现如今，七桥飞架南北，也飞架东西，将洞头与温州连成一体，将温州延伸到了大海之上。

早年的温州，大海是大门。温州人不安于过穷日子，从这里走出去，漂洋过海去打拼。常听人说，世界的每个角落都有温州人，勤劳，聪明，务实，敬业，爱家，抱团。一俟改革开放的春风吹拂，温州人即刻抓住时机，转身回到陆地，大干一场。有了好政策，他们无须再漂洋过海，他们在自己的土地上实现了梦想。

如果说，江河湖汉是母亲，那么大海就是父亲。母亲给了温州人温暖的怀抱,父亲给了温州人坚强的背脊。说到底,它们都是生命之源。不只是人类的生命,还有动物,植物,万物。

离开洞头,我们的车在跨海大桥上疾驶,车如低空飞行般贴着海水。海依然风平浪静,不动声色地为我们送行。或许不动声色的爱,才是最博大的爱。

如此我猜想,大海的水,一定也是相亲相爱的水,因为爱而博大,而精深。

告别温州时,想起了孔子那句名言:知者乐水,仁者乐山。可不可以反过来说,水让人智慧,山让人仁慈?我以为是可以的。那么,有山有水的温州人,必是聪明而善良了。

　　如此，我祝愿那些山那些水，永远相亲相爱。山与山相爱，水与水相爱，山与水相爱。山水与人，则相敬如宾。●

18:56:15

那红云悄然落在家家户户门前，成为楹联。

19:00:00

19:00

远古飘来红色的云

19:04:17

我少年时随父母入川,落脚在嘉陵江畔的重庆北碚。那里有一座缙云山。班上团支部搞活动时,总会去爬缙云山,山上植被茂密,还有一座缙云寺。我去了若干次,却从没想过它因何得名。及至今日,当我要去浙江缙云县,得知缙云县也有一座缙云山,缙云县正是因此山而得名(据《隋书·地理志》)时,忽然很想弄明白,缙云山为何叫缙云山?不管是重庆的还是丽水的,它们一定有个来处吧?

在网上东寻西看，发现很多有趣的传说。其中一说，黄帝时有缙云氏后裔居此，故名。那缙云氏又为何叫缙云氏？再追查，原来黄帝那个时候，是"以云纪事也"，故官名都以云命名。青云为春官，缙云为夏官，白云为秋官，黑云为冬官，黄云为中官（据《汉书·百官公卿表》）。这么一推，缙云氏的后裔，很可能是夏官的后裔。

回头想这五个官名，还真有意思。春天的云可不就是青灰色的吗？荫翳中透着些许明亮。夏天的云可不就是红色居多吗？有时候还会出现玫瑰红的晚霞和橘红色的火烧云。秋天可不就是白云居多吗？大团大团的，白如雪。冬天可不就是黑云居多吗？裹着雨夹着雪，密布天空。至于黄云，也许是被龙袍映黄的，想来那中官一定在黄帝身边。

再一想，古时的官名竟那么好听，好听到可以用来做地名了。你就不能设想有座部长山，有条局长河吧？

不过我又有了新的疑惑，五个颜色的云都是官名，为何只有"青云"被用来比喻高官显爵呢？比如平步青云，青云直上。从来没人说缙云直上，平步白云吧？为什么呢？是青云更容易给人一种飞扬在天的感觉吗？但实际上，春天的云远不如秋天的云那么高扬飘逸。

搁置种种疑惑，还是说缙云吧。缙云，最常见的解释是赤色的云，但"缙"字，却解释为浅红色的丝织品，赤色和浅红色，还是不一样的，好在都是红色。总之，缙云是红色的云，是热烈而鲜艳的天空。我脑子里带着这么个印象，来到了浙江丽水的缙云县。

一见之下，不由得惊诧。风景优美自不必说，我们就住在仙都风景区里，推窗即可见山，还可见山上的传说：两座栩栩如生的人形巨石，扮演着传说中的婆媳。

让我惊讶的是，它那么静（并没有预想中的热烈）。那种静不是人烟稀少的静，而是一种可以触摸到远古气息，可以感受到岁月长河的静，静默中似乎能听到唐时的溪水、宋时的鸟鸣、明清时的集市声。仿佛唐玄宗惊叹出那句"这是仙人荟萃之都也"，就在昨日。

其实，那时那刻，外面的世界正喧嚣不已：人类首次拍到了神秘的天体"黑洞"，苏丹宣布进入紧急状态并逮捕了总统，维基揭秘创始人阿桑奇在伦敦被捕，华为宣布 P30 问世并以低价在国内销售,视觉中国陷入版权泥淖,西安奔驰车主霸气维权……几乎一小时一个热点,只要稍微看两眼手机,立马晕头转向。

可是,当你从手机上抬起头来,却发现眼前的世界与那些热点毫无关系,强大的宁静已屏蔽掉了尘世的所有嘈杂。田野里饱满的菜籽挤挤挨挨,夜以继日地成长,溪边粗大的枫杨树绿荫匝地,正值大好年华。溪水自顾自地慢慢流淌,鸟儿们随心所欲地鸣唱。沿着绿道走去,鼎湖峰,倪翁洞,小赤壁,独峰书院,一步一景。恍惚间,就穿越到了"把酒话桑麻"的世界。

这样的静,瞬间缩短了岁月,让我已然置身于几百年前乃至一千年前的田野,仿佛一眼就看到了摩崖石刻的主人，仿佛听到了祠堂传来的孩童读书声，仿佛路遇了上山打柴的樵夫，他告诉我他就是缙云氏的后裔……这种种仿佛，让我感觉很惬意，很享受。

尤其是走进那些古镇，徜徉在白墙青瓦之间。比如各家门前都开满鲜花的干干净净的陇东村，比如石头城堡般充满原始气息的岩下村，又比如有着千年文化传承的河阳古村。每到一处，你都随时可以驻足，可以得一山口进入："初极狭，才通人。复行数十步，豁然开朗。土地平旷，屋舍俨然，有良田美池桑竹之属。"

原来世外桃源，始终都在。

尤其是河阳古村，这个以宗族血脉为纽带、聚族而居的千年古村落，与我以往去过的任何古镇都不一样，让我在心生欢喜的同时，心生敬意。这敬意并不是因为村口那排气势恢宏的马头墙，也不是因为保留至今的十五座古祠堂、一千五百间旧第，也不是村里那座出过八位进士的八士门，也不是极具特色的民间剪纸艺术——虽然这些都很了不起。

这敬意，是来自家家户户门前那些看似普通的楹联。

也许是春节刚过去不久吧，那些辞旧迎新的楹联尚未被风雨剥落，纸还是红彤彤的，字还是墨迹清晰的。一望而知，不是统一印刷出来的，而是亲笔手书的。随意读几副，都比我在城里看到的"爆竹声中辞旧岁"或者"神州大地春回暖"有意思多了，也有文化多了。

向阳门第春来早；康乐人家燕去迟。

太平有象人同乐；天地无私物自春。

寻春再睹梅花色；颂岁先闻爆竹声。

春入春天春不老；福临福地福无疆。

花承朝露千葩发；莺感春风百啭鸣。

　　我一一走过，一一默念。这些楹联，与白墙青瓦，与雕花木窗，与鹅卵石小路，是那么的和谐。我注意到，没有一家是重复的，字迹也是各异。还有些人家的楹联虽然没那么工整，却生动有趣，能清晰地感觉到主人是性情中人：

春早梅开雪生香；笑吟丰年酒一杯。

一派生机阳春有趣；满天异彩浩然腾胸。

有些人家不仅大门上贴，庭院里的柱子上也贴。本来楹联的"楹"就是木柱的意思。还有些人家贴的不是新年对联，而是一些格言佳句，凸显了这家主人的向往和追求：

耕读传家诗书画；万里江山一纸中。

一脉真传克勤克俭；两行正事惟读惟耕。

读万卷书才宽眼界；种千钟粟足活心田。

清以自修诚以自勉；敬而不怠满而不盈。

限于篇幅，我无法把看到的楹联一一写出，但那些楹联带给我的感动却是那么深刻，如同缙云带给我的宁静一样。我从那些楹联里看到了两个字——文化。那是在不经意间呈现出来的深厚文化。

忽然意识到，所谓的文化底蕴，并不一定要靠卷帙浩繁的大部头来堆砌，也不一定要靠穿汉服梳发髻来展示，而往往是体现在这些小小的不经意的细节中。就好比一个人的教养并不在于他的学历或文凭，而在于他日常的举动一样。

河阳打动我的正是这些随处可见的细节，比如那几座取名为"云锄""掩竹""松台"的门第，那条取名为"答樵"（樵夫砍柴时对歌互答之意）的路，还有这家家户户的楹联。看到资料上说，宋元两朝，河阳古村曾出过二十四位诗人，形成了盛极一时的"义阳诗派"。至今还可查到《义阳诗派》八卷、《菊巢诗抄》等许多诗集。我猜想，这写楹联的，也许就是"义阳诗派"的后人吧。虽然已过去千年，文脉依然清晰可见。

　　感叹到此，恍然就明白了缙云的那个强大的静源自何处了，正是源于这无处不在的文化底蕴。有了这样的深厚的文化底蕴，方能挽留住岁月，让人能穿越时空，与古人对话；方能抵御住尘世的纷扰，将珍贵的传统文化保留下来，再传承下去；方能抬起头来，就能看到远古飘来红色的云。那红云悄然落在家家户户门前，成为楹联。●

19:55:51

因为瓜沥的瓜不是普通的瓜，是穿越历史的瓜，是勾连岁月的瓜。

20:00:00

20:00
雨中穿越瓜沥镇

20:03:20

雨很大，从车窗望出去，浑然一幅绿意盎然的写意画，而且是长卷幅的，车行至哪里，画卷便展开到哪里。初夏的萧山，完全被深深浅浅的绿覆盖了。雨水之下，满眼的绿如刚刚凿出的一粒翡翠，挂在江南大地上。

　　来萧山很多次了，如果算上飞机降落萧山机场的次数，估计有近百次。可我对萧山依然无知，无知到羞愧。第一，不知萧山如此大，我们从湘湖出发到瓜沥镇，车程竟一个多小时，原来萧山的面积有一千四百多平方公里，相当于两个新加坡；第二，不知萧山紧邻我的故乡绍兴，尤其是瓜沥镇，与绍兴可谓塘挨塘，原来萧山早在南宋时就隶属绍兴了，直到20世纪50年代才划归杭州。

第三个不知缓一下再说吧，给自己留点儿面子。

初听到"瓜沥"这个名字，很有些好奇。是地形状如瓜，还是盛产瓜？一问，是后者。当地朋友介绍说，此地原多为沙地，很适合种瓜，瓜大而甜。瓜沥，字面意思似乎是瓜汁沥沥。瓜汁沥沥流入湖中，于是有了瓜沥湖，再于是有了瓜沥里、瓜沥庄、瓜沥乡、瓜沥镇。这么一追溯，瓜沥已有上千年的历史了，可谓悠长。

当然这只是简介。若要说清楚来龙去脉，那还得从沙地的来源说起，或者从萧山的地形地貌变化说起，得著书立说呢。

雨中抵达瓜沥，忽然闪过一念，这雨淅淅和瓜沥沥，很搭呀。

我们下车，撑伞走进南大房。

南大房，全称"党山许氏南大房"，是一座四合院式的明清宅院建筑，占地近三千平方米，是浙江省内迄今为止保存最完整、规模最大，历经明、清、"中华民国"三个时期的民居建筑。我踏着湿漉漉的石板走进第一道门，便恍如走进了悠远的历史。

的确，单是搞清楚"党山许氏南大房"这七个字，就得分三个部分来讲。党山是地名，因地处钱江南岸，站在山上便可以看到江水滔滔，据说因这座山挡住了江潮，所以称之为挡山，后又误传为党山。许氏，自然是房子主人的姓氏。据考，许姓的先祖是河南人，本姓姜，因助周文王得天下有功，被封为许国公（今河南许昌），姜氏便改姓许（以国为姓氏）。许氏后代后来做官到了绍兴，自此吴越大地有了许姓。其中一支迁徙到党山，捕鱼晒盐，娶妻生子，繁衍到第四代时（明万历年间），已有八房分支。这南大房，便是其中大房长子所建，位置在祖宅的南边，故称南大房。

啧啧，不听老人说古，完全弄不清楚这房子的身世。

给我们说古的，是许氏后人，七十二岁的许绍雄老人。许先生早年在上海读过高中,很有些文化底蕴。那间小小的房里,三面墙都是书。他还有电脑和打印机,时常写文章发表。

我还来不及坐下,又被许先生重新带出屋子,径直带到大门口。他说,尊贵的客人来南大房是有讲究的,须从正门进入,一进门二进门,依次而入,不可走旁门左道。

这仪式,让我瞬间庄重起来。虽然,我们也是从正门进来的。

我们还是跟着他,重新进大门。雨天潮湿,木门没有发出吱呀的响声,也没有丫鬟前来迎接,但细细密密的雨水,还是让我穿越到了四百多年前,那时南大房刚刚修好，在贫瘠的乡野中鹤立鸡群。许家人丁兴旺，殷实富裕，引来四乡八邻的艳羡……

　　许先生撑着伞，一边走，一边给我讲解那院子的布局，那木门的厚重，那雕梁的讲究，那大水缸的用途，那青石条的厉害。

　　满地铺着的大石条的确让我感叹。每条都一米见长，结实厚重，估计得有好几百斤重吧？他们是怎么弄进院子的？又是怎么嵌入墙基并铺成平整的地面的？穿过雨幕，我仿佛看到了当年的情形，壮汉们用粗木棍抬着石条，赤膊赤脚，一寸寸地挪进，肩膀上皮肉已蹭破，渗出鲜血，和雨水混在一起流下。气派豪华的大房子，必有修建者的智慧，也必有修建者的血汗。

原先南大房只是三个宅院，即三进门。后来许家后代增多，不够住了，在清道光年间，又修建了四进门，便成为四个宅院。许先生说，来南大房考察的专家，一眼便看出前三个宅院是明代风格，五开间楼房；第四个则是清代风格了，有九间大楼层。房间的风格和门窗的雕花也有所不同。

第一进的十一间平房，是雇工和用人住的；第二进是正厅，接待客人所用；第三进的宅院才是正室，供家人起居生活。全院共有八十五间房。每一进的院子都有厚重的大木门，为的是防盗。那时常有海盗或倭寇入侵劫掠。整个宅院除了前后两个正门外，还有东西四扇边门,俨然一个小社区。

南大房的院外,有一条至今依然保留的人工挖掘的河道,是供许家客船和货船进出的。也就是说,来南大房做客的亲友,可以乘船到门口,上岸入门。这样的场景,似乎尚未在电视剧里看到。宅院后还有两个大花园,有祠堂,有庙宇,有戏台,有学堂。构成了一个家族完整的生活区域。

随着家族的兴衰,也随着社会的变革,南大房渐渐变成一个大杂院,祖宗传下的"此房只让给族人"的约定早已打破,曾经最多的时候,南大房住了近百户各种姓氏的人家。毕竟,那时的党山很穷困,南大房就是高档住宅了,一些稍有社会地位的人,都想法儿住进南大房。后来日子过好了,又逐渐搬离。

眼下南大房还住着十一户人家,舍不得走,住习惯了。许先生说,我们都有南大房情结。这让我想起老家的叔叔婶婶,也一直住在大夫第门台的老屋里,尽管生活上有种种不便,也不肯住进新楼里。好在2016年,政府对南大房进行了全面修缮,居住条件改善了很多。

我们徜徉在宅院里,见到不少眼下正在消失的物件,比如,雕花的木窗木门,比如石头砌成的深井,比如蜂窝煤炉子。还比如,房檐下的大水缸。

几乎每个院子的房檐下都摆着几口大水缸,蓄满了雨水。过去人们用它来防火灾,所以叫作太平缸。雨水落在缸里，溅起亮亮的水珠，簇拥在缸边的花草也十分鲜亮。我盯着看了好一会儿，猜想这画面，亦是被当年院子里的女子看过的。此情此景，与"今人不见古时月，今月曾经照古人"同理吧。

其实细细一想，今人不见的，远不如古人不见的多，因为这个世界变化太快。尤其进入新世纪后，更是快到让人眼晕。不要说古人，就是我们自己，也常感到无法适应。

此刻便是。

当我们离开南大房后，仅十分钟车程，便来到了另一个完全不同的世界：瓜沥镇七彩社区。除了雨水相同，其他一切都天差地别。

这是一座六层高的现代化停车楼,但它与普通停车楼大不相同,不仅外观靓丽,内涵更为丰富。它是参照新加坡TOD(公共交通先导)模式打造的,一栋楼里,涵盖了居民生活的林林总总:从公共服务,到文化教育,到运动健康,到社交娱乐,到创业创新,到邻里共享,到智慧管理。七个中心,故名七彩。

一楼是公交车场,二到六楼是公共停车场,停车场连接电影院、运动健身中心、老年康养中心等。也就是说,无论你乘公交还是自驾车,只要一进到这个楼里,便可满足购物、运动、娱乐、阅读、餐饮等需求。很难想象,此地曾经只是个老旧的露天停车场。

我们参观了其中的书店、阅览室和康养中心。最能体现共享意义的，还是公共服务中心。在这里，你可以办理社保、医保、市民卡，还可以缴纳交通违法罚款。有八台自助服务机，其中包括个体工商户年报机、社保自助查询机、房产自助查询机、交通违法自助交款机等，可自助办理一百七十二项事项。难怪他们的口号是：最多跑一次。

　　七彩社区的丰富性和前瞻性，充分体现了"未来"以及"共享"的含义，对于人口密度高、土地资源少的浙江来说，真是一个很好的发展方向。

　　如果说南大房是瓜沥的一张古朴名片，那么七彩社区就是瓜沥的一张金名片。前者代表着过去，后者代表着未来。在过去和未来之间，横跨的不是几百年，而是两个世纪。我站在两者之间，无法不眩晕。

可是我还是得说，两张名片中，古朴的名片更吸引我。究其原因，是南大房积淀了漫长的岁月、厚重的文化，有一层被无数生命滋养过的润泽。而代表着未来的金名片，尚需时间的检验和打磨，尚需不断完善和提升。说不定哪一年，又会修一座"四进门"呢。

但我相信，最终它也会成为一张留给后人的名片的。

从七彩社区的建设，便可看出瓜沥镇雄厚的经济实力。

之后，我们还参观了航民村。在航民，"村"的概念已被彻底更新，新到令我瞠目结舌。我初以为"航民村"是因为机场在此地，后得知是先有航民村后有机场。此处的"航"非航空，而是水航，因水航有了航坞山，再然后有了航民村。现在，是航民集团。

站在航民集团的展厅里，我又不合时宜地穿越了，仿若回到半个世纪前，有个知识青年下乡到此地，那时，他一个全劳力干一天的活，只能挣几分钱，一个月下来，连自己的口粮都买不起。那是我姐夫。当我告诉他我要去瓜沥采访时，他很是感慨。我告诉他，现如今的瓜沥，一个镇就有五家上市公司，其他中小企业更是数不胜数，百姓们无须外出打工，就能过上富足的生活。瓜沥已经连续数年进入中国百强小镇了。

说到这儿，我得坦白我对萧山的第三个不知了：我不知萧山竟如此富，仅从一个瓜沥镇，便可看出了。

大而富的瓜沥，真像一个甜甜的西瓜。我穿越在其中，可谓步步惊喜。如果要说遗憾，也是有一点的，那就是此地不再种西瓜了，或者说，西瓜不再是此地特色了，"瓜沥沥"仅成了传说。也许是城市化进程太快，让沙地消失，让瓜们失去了立足之地。

这多少有些遗憾。因为瓜沥的瓜不是普通的瓜，是穿越历史的瓜，是勾连岁月的瓜。今人不见古时月也就罢了，今人总该吃到古时瓜吧。

当然，没有瓜的瓜沥，依然流淌着甜蜜的沥汁。●

20:56:40

大善小坞,有大有小,有虚有实,相得益彰。

21:00:00

21:00

你的名字

21:02:44

还没到上虞，我就问上虞的朋友，上虞为什么叫上虞？朋友说，好像和虞舜有关。

每到一个地方，我最先感兴趣的，往往是地名。一个地方的名字，不仅是这个地方的符号，还体现着这个地方的特色。比如西藏或者内蒙古的地名，通常是音译的：拉萨，江孜，桑耶寺，纳木错，呼伦贝尔，鄂尔多斯，乌兰察布，都很好听；而北方的大部分地名则显得简洁朴实：刘各庄，李家屯，陈庄乡，小河村或者葫芦寨，一看就大体能明白其由来。相比之下，江南的地名就多了一分曲折，往往要打听一番才能明了。

此次到上虞，我就连连遇见曲折的地名。于是从"上虞"开始，我一路追问着。由地名，带出一个个人名，由人名，又牵出一个个故事。曲曲折折，精彩纷呈，将这美丽的小城，一一展示给我们。

到上虞首先见到的，是一条有姓氏的江。

最先知道曹娥江，仍是从朋友那里。朋友每每回故乡，总要拍几张曹娥江发到朋友圈。照片上的曹娥江有着十足的江南气韵，优雅秀美，还有几分朦胧。

但第一眼看到曹娥江时，我却有些意外。彼时我站在高楼窗边，不经意间瞥见了曹娥江，竟然那么宽阔，那么浩大。我忍不住问同行的人，这是曹娥江吗？回答说，是的。

后来我去网上查曹娥江，看到了这样的介绍：曹娥江是钱塘江最大的支流，发源于浙江磐安县的大盘山脉，自南而北汇入钱塘江。流经嵊州附近时称剡溪，流经上虞境称上虞江。

起初我为此句感到惊喜："流经嵊州境内时称剡溪"。原来是剡溪！我熟悉剡溪，不仅是因为李白写到它："湖月照我影，送我至剡溪。谢公宿处今尚在，渌水荡漾清猿啼。"更因为自小我便从父亲的口中听到过它。父亲说他小时候常在剡溪游泳，有一次还差点儿丢命：误入竹排下，被黑压压的竹排罩住无法出头。后来他沉住气，凭着年轻人的肺活量，一鼓作气往前游，终于从斜刺里游了出来。

后来我又为这一句感动："因东汉少女入江救父而得名。"这位少女名曹娥，因父亲驾船在舜江迎潮神时不慎落水，年仅十四岁的曹娥便沿江寻找，昼夜不息，一路哭喊，十七天后竟跳入江中，五日后抱出父尸，就此传为佳（神）话。八年后，当时的上虞县令度尚重新安葬了她，并命人为之立碑，这便是著名的曹娥碑。之后，又建起了曹娥庙，还冠名了曹娥镇。孝道因此成为上虞文化的底色，一个女子的名字年年岁岁在故乡流传。

曹娥江，你的名字拜少女所赐，愿你永远像少女般清澈。

覆卮山，一座海拔不足千米却响当当的山。

我们站在覆卮山上，看到了千年梯田。

梯田到处都有，此梯田却非同一般，它的每一块梯田，都是由第四纪冰川遗迹——"石冰川"中的岩块砌筑而成，总计二万三千多块，二千三百多亩。从外形到内涵，都蔚为壮观。梯田里，繁花已矣，青绿的菜籽正吸吮着大山的乳汁日渐丰盈。它们的头上，三三两两伫立着开满紫色小花的苦楝树，苦楝树的头顶，是细雨蒙蒙的天空。

同一片天空下，山的那边，便是我的故乡嵊州。我有些惊喜地想，原来我的祖辈，是这样的青山绿水养育的呀。

在我想到故乡的时候,更多的人会想起另一个名字——东晋山水诗人谢灵运。谢灵运大约是在 1600 年前登上此山的,很潇洒地留了句:"登此山饮酒赋诗,饮罢覆卮",这便是覆卮山山名的由来了。细看那山形,还真有些像倒放的卮(酒杯)呢。

尽管谢灵运被后人嘲笑为"不作就不会死"的典型,他那动不动就辞职,动不动就得罪官员乃至皇帝的率性,的确一次次给自己招来杀身之祸。但我还是很佩服他。不只我,连万人膜拜的李白都佩服他。有人调侃说,李白是谢灵运的"脑残粉",他为谢灵运写了十几首诗,连谢灵运发明的鞋子"谢公屐"他都粉:"脚著谢公屐,身登青云梯。半壁见海日,空中闻天鸡。"(李白《梦游天姥吟留别》)。

　　谢灵运是出生在我们嵊州的,典型的"官二代",加之神童般的聪慧,又饱览群书,才华真是"横七竖八"。不仅诗写得极佳,书法也很棒,具备了种种高傲和使性子的条件,非我等所能仿效。忽然间想起我的曾祖爷爷。父亲说曾祖爷爷从上海学堂学成归来,也曾为官一方,却因看不惯官场腐败挂印而去,回到乡下晒太阳读闲书了。当然,家境也由此衰败。是不是有着越人血脉的嵊州人,都有这脾气?

　　站在覆卮山上,顿觉仙气缥缈,赶紧大吸几口采气。

　　覆卮山,你的名字拜诗人所赐,愿你诗意永在。

大善小坞村，妙。我进村后第一个问题就是，你们这个村名一定有什么来头吧？

村书记黄迪君笑着回答我，也没什么特别的，就是以前的大善村和小坞村合并为一个村了，双方都不愿意放弃自己的村名，就连在一起做了今天的村名。我恍然大悟，依然赞叹：太妙了。

其实两个村名都和水有关。大善小坞村地处曹娥江畔，江水日夜不息地流过村庄，滋养着世代百姓，也带来了交通的便利。古人从"上善若水"取义，称此水为"善溪"，而山环水绕处则被称为"善地"。村里有一座建于晋代的古刹"大善寺"，大善村的村名便由此而来。这么好听的名字，肯定不能放弃。小坞村呢？小坞村的名字更不必多做解释，因为善溪一转入小坞虎门山头后，江滩突然开阔，江水流速渐缓，泥沙沉淀，水流变得清澈，便自然形成了坞，一个小小的停船修船的码头，成为生活在水边的百姓必不可少的歇息之地。所以也不能放弃。

大善小坞，有大有小，有虚有实，相得益彰。我想，幸好他们都不愿放弃，才留下了这等美妙。从2006年更名到现在，也已经一个轮回了，还将轮回下去。

我在村里的一面墙上，看到了古时候的地形图，据说是从一个家谱里发现的，一眼望去，还真是一处山环水绕的风水宝地。那些山名也很有趣，马鼻尖，眠犬山，海螺山，雄鹅鼻，鸟墩，大黄蛇岭，小黄蛇岭，仿佛百兽相聚,"因相娱乐"。宋代理学家朱熹来此地亦赞叹:"可耕可采,福地也。"

今天的大善小坞村,不仅仅有一个独特的名字,更有独特的文化:瓷源文化。2006年,在村子北面,考古发现了凤凰山窑址群和禁山窑址群。据专家介绍,凤凰山窑址群烧造技术领先,制作手法创新,生产规模庞大,代表了三国、西晋时期越窑烧瓷技术最高水平,是早期越窑鼎盛期的典型窑场。因此被评为国家级文物保护单位。

我们参观了青瓷博物馆。橱窗里,历史悠久的各类器皿、窑具和瓷片,在灯光下闪着厚重的色泽。中国瓷器对人类文明做出了重大贡献,而上虞作为青瓷的发源地，凤凰山窑址群是一个有力的证明。不要小看这些貌似粗糙的东西，它体现出了人类文明的发展，人类从那时起就将炊具和餐具分开了。一个村庄有这样一个博物馆，真是不易，担得起"瓷源文化小镇"的大名。

大善小坞村，你的名字拜一方山水所赐，愿你回报山水。

春晖中学，如雷贯耳。最先贯我耳的，还是朋友，我的两位上虞朋友均毕业于春晖中学，那实在是让人羡慕的事。而我，在大雨中走进春晖中学时，却被那个一百多年前赐予了他们好运的人所感动。

一百多年前，一个上虞的穷孩子，因家境贫困无钱上学，小小年纪就跟着叔叔去汉口做学徒，不久即失业返乡。又跟着哥哥去搞短途贩卖，很快便亏本而归。为了生存，他只得清早放牛，傍晚捡狗屎，因此被乡亲们戏谑为"狗屎阿渭"。可是这个"狗屎阿渭"，最终还是靠着他的勤劳聪慧，走上了经商的路，成为一个成功的商人。

拥有一定的财富后，他最先想到的是回报故乡。当时他的故乡仍然没有一座学堂。他不希望故乡的孩子再像他那样读不起书。1908年，他先拿出五万银圆在故乡办了一所小学，取名为"春晖学堂"。当时他在申请报告里就表示，将来还要办中学，"如经费不敷，再捐己资，以符素愿"。果然，十年后的1919年，年迈的他又拿出二十万银圆，与近代著名教育家经亨颐、乡贤王佐一起，在上虞的白马湖畔续办了一所中学。这便是现如今大名鼎鼎的"春晖中学"。

这位了不起的上虞人叫陈春澜。他在捐出二十万银圆时已年老体衰，竟无法参加开学典礼，第二年即病故了，享年83岁。但他留下了春晖，春晖一直沐浴着上虞的后人。

不过我心里有个小小的好奇，当时为什么没叫春澜中学呢？用捐赠者的名字作校名是常见的，且春澜也很好听呀。

春晖中学创办伊始，经亨颐校长即提出了"与时俱进"的校训和"实事求是"的教育方针，还首开了浙江中学男女生同校的先河。学校招聘了一大批名师，有我们耳熟能详的夏丏尊、朱自清、朱光潜、丰子恺等，积极推行"人格教育""爱的教育""个性教育"等在今天看来依然超前的教育思想。还邀请了蔡元培、黄炎培、胡愈之、何香凝、俞平伯、柳亚子、陈望道、张闻天、黄宾虹、叶圣陶等著名学者来此讲学考察，留下了浓厚的文化底蕴。

　　陈春澜不只捐资助学，我在资料中看到，他还多次出资为乡民兴修农田水利，逢灾荒年也多次救助灾民。"举凡重大之地方公益事业，均慷慨解囊，脱手千金，惠及邑人，泽被桑梓。"再看下去又有新发现，陈春澜自己创办的公司，取名为"春泽公司"。

原来，他不想青史留名，只想留下春天。

春晖中学，你的名字拜春天所赐，愿你永远生机盎然。

还有祝家庄，因梁山伯与祝英台的爱情故事而闻名；还有谢安山（东山），留下了令人神往的"东山再起"的传说；还有称山，相传春秋末期，越王勾践为复国雪耻，曾在此山称炭铸剑，大炼兵器，山由此得名；还有祝温村，还有金近小学……一个又一个的地名，都蕴藏着动人的故事，难以言尽。

但是我要说，上虞的地名并不都是厚重悠久的，也有无比年轻的，年轻到只有三岁。若你想从它的名字后面找出人名来,那应该是机器人。而且这个地名,我估计我的两位上虞朋友也不知道。

那就是 e 游小镇。

一听到 e 游小镇的名字,就感觉是和网络有关,或者说,和游戏有关,和人工智能有关。果然,这里就是要打造一座由专业的泛娱乐平台组成的小镇,一座游戏天堂。

e 游小镇,乍听,似乎与上虞这古老的地名不相称,细想,它又是非常相称的。凡有生命力的文化传承,必须是在传承的同时兼具开放,只有开放,才能为古老的土地注入活力,才能将悠久的文化带入未来。

e游小镇自2015年9月开始培育，聚焦了以游戏、电竞、动漫、影视等为代表的泛娱乐信息经济产业。现在，到小镇落户的泛娱乐企业数量已近300家，小镇已成为浙江78个省级特色小镇之一。

　　我们走进小镇参观，小镇尚在建设中，人还不多。干干净净的环境，簇新簇新的房子，还有让人眩晕的各种游戏装置。我暗自窃笑，也许应该把我们的年龄掰成两半来此地才合适吧。

　　果然，小镇就是要吸引年轻人，因此开办了食堂，引进了星巴克，提供了共享单车，同时，又建造起人才公寓、青春公寓。我相信不需要多久，它就会成为一个熙熙攘攘的充满青春活力的小镇。

当我们站在那里，观看一部展示上虞全方位风貌的3D影片时，真有些腾云驾雾的感觉，仿佛人已经飞了起来，在俯瞰山环水绕的上虞，也在俯瞰上虞的未来。

e游小镇，你的名字是未来所赐，愿你不负梦想，飞向未来。

我们最后来说上虞吧。

上虞这个名字，很久以前我就从朋友嘴里熟悉了。他们经常邀请我去上虞，告诉我上虞是嵊州的邻居，我的故乡与他们的故乡山水相连；还告诉我，上虞有著名的中国古代思想家王充，有著名的山水诗开创者谢灵运，有引进《资本论》的国学大师马一浮，有著名的气象学家和教育家竺可桢，有被誉为"当代茶圣"的著名农学家吴觉农，还有著名导演谢晋。须知他们的著名，都是真正的著名。

但还有一个率先著名的人，留下了"上虞"。

正如朋友所说，上虞的确与虞舜有关。我们在上虞的舜耕公园里，看到一组生动有趣的石雕，一一讲述了舜帝的故事：一个苦出身的好孩子，虽被虐待却依然孝顺，为官后善待百姓、勤政为民。其中就看到他当年避乱到此，百官相随，"舜与诸侯会事讫，因相娱乐"的故事。虞舜浮出。之后参观上虞博物馆，又看到了更权威的解释，言上虞之名颇古，《水经注》中就写有"江水东经上虞县南"句。如此判断，上虞之名是殷周以来就有了。再看,《水经注》又引用了《晋太康三年地记》所记,言当年舜为了避尧之子丹朱之乱来到此地,文武百官随舜而至,舜与诸侯百官商谈结束后,一起娱(娱通虞)乐开心,故曰上虞。

上虞,原来你的名字是快乐所赐,那么,就祝你永远快乐。●

这里曾经有过
一段不堪回首
而又刻骨铭心
的岁月。

22:00:00

22:00

心中的武汉

22:05:00

再到武汉，心情激动。好像到哪座城市，都没有过这样的心情。

晚上我一个人在武汉街头漫步，毫无目的，只是想近距离地看看如今生活在这里的人。一出酒店，便看到路边有一排月季，小树那么高，开满了比我拳头还大的花朵，一团团大红色和粉红色，在晚风摇曳中香气扑鼻，让人闻之愉悦。

我们对一座城市的情感，也和对人的情感是相似的吧，有一见钟情的，也有日久生情的。我和武汉应该属于后者。我们结缘很晚。也许是因为我出生在杭州，成年后又移居成都，一东一西。每次飞来飞去，总在空中飞越武汉。

记得最早说起武汉是在童年。我们用歇后语猜地名：屁股后面挂匣子——保定（腚），十两银子一碗粥——贵州（粥），冬天穿背心——邯郸（寒单），夏天穿棉袄——武汉（捂汗）。虽然一次次开怀大笑，但那时的我对武汉完全没概念，只知道它是一个很大的城市，大到要分成三个城；也真的很热，热到不需要穿棉袄就能"捂汗"。

及至少年，父亲给我讲了梁启超拜见张之洞的故事，故事就发生在武汉。话说当年（1898年），梁启超去武昌拜见湖广总督张之洞。张之洞任湖广总督后，大力兴利除弊，创办汉阳兵工厂，创办自强学堂（武汉大学前身），办了不少实事，一时间声望如日中天，成为洋务运动领军人物。他见梁启超递上来的拜帖落款是"愚弟梁启超顿首拜"，便有些不快，想你一个青年学子竟与老夫称兄道弟，便决定考他一考，以试其才。张之洞出了上联：四水江第一，四时夏第二，老夫居江夏，谁是第一，谁是第二。哪知梁启超略一沉吟，便对出了下联：三教儒在先，三才人在后，小子本儒人，何敢在先，何敢在后。

　　父亲在给我讲了四水的意思、江夏的意思、三教的意思、三才的意思之后，无比感慨地说，梁启超真是太有才了，而且不卑不亢，暗藏机锋。我那时虽然还不能完全欣赏，却牢牢记住了江夏这个名字。原来一个地方可以有好几个名字，每个名字里都藏着故事。我还想象着在某个老洋楼里，江风掀起窗帘，一个睿智的老者和一个青年才俊相对而坐，饮茶吟诗。古老的深厚的武汉，一定有很多这样的场景吧？

　　后来当兵，是电话兵，业务训练时，得知武汉有很多军校；再后来上大学，知道了黄鹤楼，知道了武昌起义，知道了武汉是交通要塞和军事重镇。武汉在我脑海里渐渐有了轮廓。再后来写作，便与武汉有了文字上的联系。我在武汉的好几本杂志上发过作品，《芳草》《长江文艺》《知音》《今古传奇》等等,还在长江文艺出版社出版了一部重要的小说集——《白罂粟》(跨世纪文丛)。

等我终于来到武汉,已经是新千年了。2000年1月,我在《芳草》杂志发表的短篇小说《瑞士轮椅》,获得了"芳草文学奖",应邀到武汉领奖。朋友们陪我去登了黄鹤楼,去看了长江。记忆中那段江水很原生态,风极大,草青芜,江面开阔,乱石嶙峋。特别能体现武汉的风格。我在武汉也有了好朋友,武汉在我心中变得具象而亲切。

一晃九年,2009年我再次来到武汉,参加屈原文学论坛,就住在东湖边上,领略了浩大而气派的东湖,一比之下，故乡的西湖就显得娇小妩媚了。再一晃又是九年，2018年我再次获得"芳草文学奖"（女评委大奖），再次到武汉领奖。

武汉让我觉得越来越熟悉，越来越亲切了。

怎么也没想到，两年后的春天，2020年，我竟然在遥远的西南，为武汉日夜揪心，那个仅仅去过几次的城市，成了我心里的"重镇"。疫情肆虐期间，武汉封城期间，我每天醒来的第一件事，便是去看武汉的最新情况；在朋友圈去看武汉朋友的状态。焦虑，心疼，落泪，祈祷，是每天的常态。为那些可敬可爱的医护人员，为那些了不起的志愿者，为那些勇敢坚守的快递哥，为那些默默承受的武汉市民，他们常常让我不知不觉就湿了眼眶。

  为了让自己好过一点，我一个从未去过武汉大学的人，关注了武大校友会公众号，参与了他们发起的捐款。再后来，支付宝开通了捐款通道，为湖北省及其他各省医疗队捐款。我便开始每天捐，最初每天一百，后来每天两百，我把这个每日一捐，作为一个祈祷仪式，好比每天燃一炷香。坚持了一个月，直到疫情开始缓解。武汉开城的那天，我和武汉人民一样激动。在漂亮的小程序上点亮了所有的灯，默默地向武汉人民送上最真诚的祝福。

  所以，在经历了这一切之后，2021年4月，当我再次来到武汉，心情怎能不激动？出发之前去美发厅吹头，那个和我很熟的老板娘说，你又要去哪里？我说去武汉。她做了一个吃惊的表情，可见武汉在她记忆里依然是让人惊惧的。我笑道，人家武汉现在安全得很！一上飞机，看到湖北和武汉的报纸，心想，我真的要再次去武汉了，我就要看到经历风雨后再见彩虹的武汉了。

春天的武汉，果然是生机盎然，百花盛开。一切都显得那么祥和安宁。只有站在"武汉火神山医院"旧址时，才会意识到，这里曾经有过一段不堪回首而又刻骨铭心的岁月。我默默祈祷着，愿这里永远不再启用，永远只用作回忆。

我继续在武汉的街头漫步。沿街的店铺大都还开着，明亮的灯光给人以安全感，须知曾几何时，大街上一片冷寂；公交车站几个等车的人，在低头看着手机；餐馆里热闹喧腾，聚餐还在持续着；绿化带旁，一群中老年人在伴着音乐打太极。我注意到，大部分人已不戴口罩了，他们表情放松，随意。

  我注视着每一个路人，知道他们曾经历过比我更揪心的日子，我以注视向他们行礼，为祝福他们：愿今后的日子永远平安吉祥，愿武汉人民和我的祖国，永远远离灾难。祈祷。●

22:55:00

梦想还是要有的，万一实现了呢？

23:00:00

23:00

梦想还是要有的

23:06:40

深秋时节，应邀去参加"华语青年文学奖"的颁奖活动。会上，一个年轻记者拿着录音笔问我，请问您对青年作家有什么希望？我一下傻了，支吾半天，才勉强应答出几句，都是些没意思的话。事后感觉很懊恼。

之所以犯傻，是因为我对这个问题毫无思想准备。寄语青年作家？那不是马识途、徐怀中、王蒙这样德高望重的老先生们才有资格说的吗？最重要的是，我怎么突然就站到了寄语下一代的位置上？

那一刻，我再次真切意识到，不管你愿意不愿意，在世人眼里，你已经是老人了。

虽然我时常和朋友们调侃，人生就是三个阶段：年轻，装年轻，装不起年轻。我现在已然进入第三阶段了，怎么装也没法年轻了。但每每说此话时，总希望人家反驳：哪里，你又不老。虚伪到家了。真的遇到人家实实在在把你当老人时，心里会苍凉好半天。虽然面带微笑，内心却一片慌乱，各种安抚手段齐上阵。

看着登台领奖的青年作家，我很是羡慕，在我还是青年作家时，从来没有这样的奖项。于是我和同去参会的马晓丽戏言，怎么不设个老年文学奖啊？我们也很需要鼓励呀。马晓丽立即表示同意。坐在一旁的李敬泽先生闻听此言便调侃说,不如给你俩设个退役女军官文学奖吧。我说,那不就是兵奶奶奖了?众人皆笑。

两年前我写了部儿童文学作品——《雪山上的达娃》,因此时常和小读者交流碰面,"山山奶奶"的称呼应声而起。我心里嘀咕:山山后面不是应该跟着水水吗,怎么都跟着奶奶了?

但是,无须悲观。我告诉自己,你依然可以停留在第二阶段,甚至赖在第一阶段。不是靠装,而是靠写。你可以通过写作永远停留在第一阶段。你写你年轻。

五年前中国作协第九次全国代表大会召开时,我刚好退休。退休这五年,或者说,从上一次中国作协全国代表大会(以下简称"作代会")到本次作代会这五年,是我写作三十多年来成果最丰硕的五年。

我梳理了一下，从2016年到2021年，我创作并出版了三部长篇小说，七部小说集，四部散文集和七卷文集。另外创作发表了六部中篇小说，十八部短篇小说，五十多篇散文。获得了第十五届全国"五个一工程"奖，第十五届文津图书奖，第十七届小说月报百花奖，2018年人民文学小说奖，2019年《芳草》杂志女评委大奖，2021年《小说选刊》年度奖，2021年《北京文学》短篇小说奖，以及两次《解放军报》长征副刊奖，还有各种文学排行榜若干。

虽然没有写出什么鸿篇巨制惊艳文坛，但我一直在写，不知不觉地，竟写了这么多。连我自己都有些意外。

一个重要原因是，退休了，不再编刊物和处理公务了，所有的时间都属于自己，可以安心写作，自然写得多了。

其实还有个更重要的原因，就是我不断在对自己说：如果你不想老得太快，就要努力写。我真的是以写作在抵抗衰老，以写作在养生。

我在文学道路上起步很晚，发表第一篇小说时26岁了，出版第一本书时33岁了。第一次参加作代会时43岁了，那是2001年，第六次作代会。然后第七次，第八次，第九次。每五年见一回老朋友，真的是见一回老一回。我看见朋友们日渐老去，朋友们见我也肯定如此，真的是让人颇为伤感。而这五年，我更是老了一大截，除了大家看得到的白发、皱纹，还有看不到的病痛，各种"零部件"都在迈开衰老的步伐。有位很久不见的作家见到我时忍不住叹道，你也老了！

每每此时，我内心的心理医生连忙出急诊，告诉自己，老是必然的，不管你干哪一行；何况能和朋友们一起老去，是件美好的事；能在写作中老去，也是一件美好的事；能在老去时，依然有很多读者喜欢你，更是一件幸福的事……我安慰起自己来，真是一套一套的。需要安慰，说明真的老了。

不过有一点是明确的，我宁可华发丛生，满脸皱纹，也不想让自己的创造力减退。只要面对电脑时依然能噼里啪啦地敲打，奶奶就奶奶。因为唯有在写作时，我会忘记年龄。唯有在作品里,我可以"装年轻",唯有踏上文学之路,我可以去到任何一个地方。我是多么庆幸自己,选择了写作作为终生职业。

前几天,一位"80后"读者对我说,山山老师您一定要写下去呀,我希望我八十岁时还能看到您的作品。我说,那我不是得活到一百一十岁?她说,您要向马老(马识途)学习嘛。

好吧,梦想还是要有的,万一实现了呢?

完。

00:00:00